永井荷風
ひとり暮らしの贅沢

永井永光
水野恵美子
坂本真典

とんぼの本

新潮社

序

日記文学の名作と誉れ高い永井荷風『断腸亭日乗』。死の前日まで、四十二年間に亘って綴られた大著は「これで文化勲章をもらったんですよ」と本人も認める代表作だ。その膨大な日記を、荷風の「ひとり暮らし」の記録として繙《ひもと》くことを試みた。なぜ独居の生活を選び、実際にどのように過ごしていたのだろうか。約半世紀前、誰にも看取られることなく生涯を閉じたという作家の面影を求めて、臨終の場である永井邸も訪ねた。そして遺族・永井永光氏に許しを請い、生前、愛用していた数々の品をカメラに収めていった。かつて、日々の暮らしの中で荷風が感じていた空気に、ほんのわずかでも近づけることを願って……。

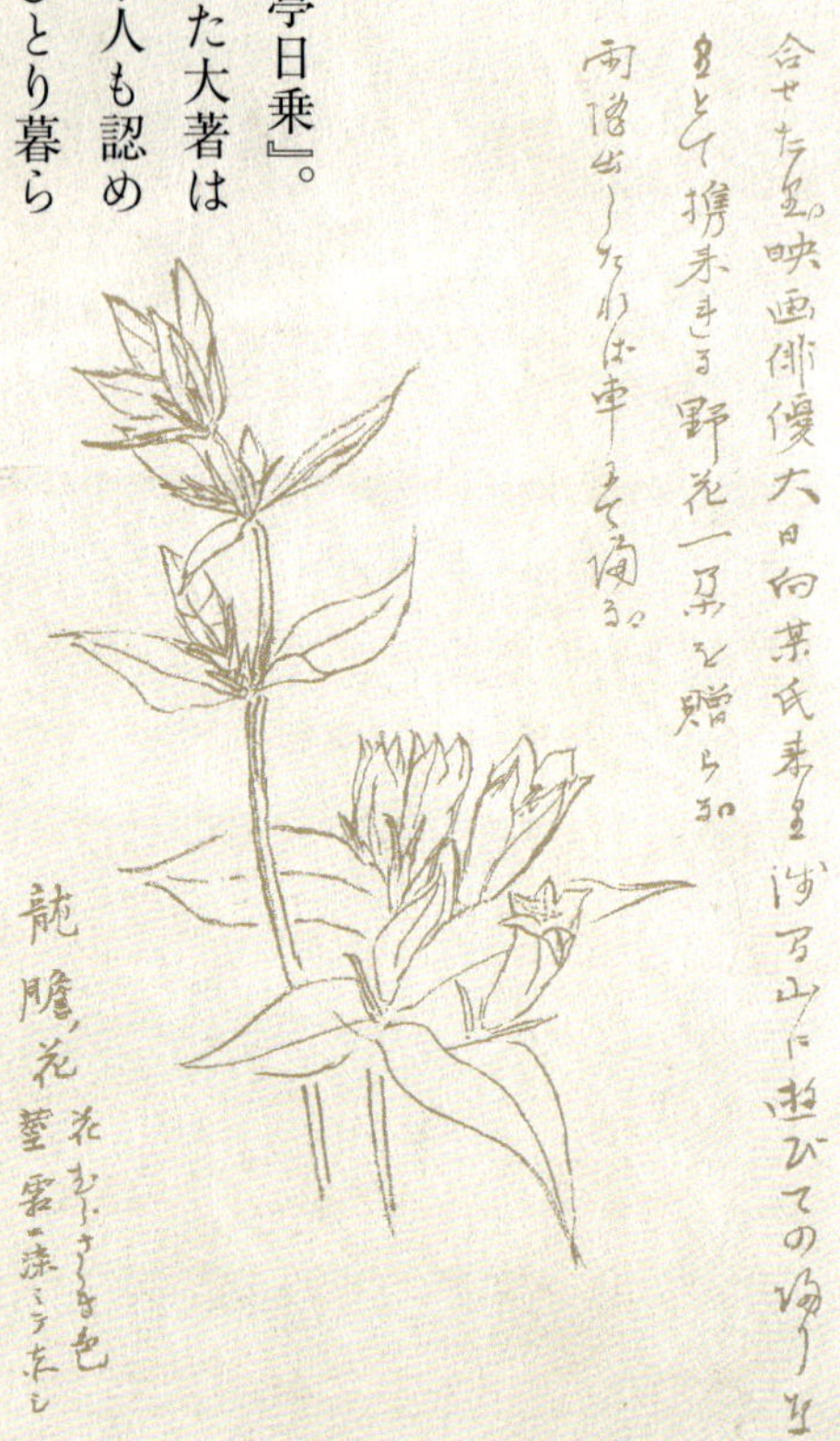

42年間書き続けられた『断腸亭日乗』。和綴本の表紙は「日記」で、帙の題簽は「日乗」となっている。最晩年分は清書されることなく、大学ノートに書かれたままだった。

斷腸亭日乘
自昭和三年
至昭和六年
斷腸亭日乘
斷腸亭日記
巻之一 丁巳
巻之二 戊午
巻之三 己未

永井荷風 ひとり暮らしの贅沢

目次

[遺品より]
右頁……最初の妻・ヨネとの記念写真、愛用の下駄。
左頁……よく通った浅草「アリゾナキッチン」のマッチ、
戦前から交流のあった相磯勝弥氏と荷風のスナップ。
[荷風の好きなものより]
右頁……和菓子の「石衣」。左頁……初春の梅花。

第一章

ひとり暮らしの賑わい

荷風の死後、永井邸に作られた大きな金庫。
遺品はその重い扉の奥に眠っている。
大切に守られてきた品のひとつひとつは
故人のぬくもりを未だに秘めているようだった。
ひとり暮らしを取り巻いていた愛用品を見ながら、
荷風の生活をたどってみた。

バッグ

昭和二十九年
四月廿五日。日曜日。晴。午後相磯氏来話。燈刻有楽町フジアイス食事。帰途電車内にて手革包を遺失す。
四月廿七日。雨霏々。午前九時巡査来り一昨夜電車にて余の紛失せし手下げ革包は米兵之を拾ひ木更津警察署に届けたる趣なれば同署に赴かれたしと言ひて去れり。〈中略〉余は予め用意し置きたる礼金（五千円）を米兵に贈り、門外に待たせ置きし自働車にて千葉の停車場に帰り来りし時は午後四時なり。
〈以下略〉

晩年、外出時にいつも携えたバッグ。通帳、年金手帳などを常に持ち歩いており、電車の中に置き忘れた「手革包」は別の布製のものだが、遺品の中には残っていなかった。

帽子

昭和二十八年十月初三。快晴。後に陰。日暮銀座散歩。三越にて帽子を買ふ。弐千五百円。〈以下略〉

昭和三十二年七月一日。陰。正午浅草。松屋にて帽子を買ふ。

昭和三十三年六月十六日。陰。正午浅草。松屋にて麦藁帽を買ふ。夜雨。

昭和三十三年十月朔　旧八月十九日陰。正午浅草。食後松屋にて中折冬帽を買ふ。参千五百円。高価実に驚くべし。

ベレー帽をかぶった荷風の写真もよく目にするが、永井永光さんによると、葬式のどさくさで紛失したままだという。普段、身の回りの品は自分ですべてあつらえた。元来買い物好きだったようだが、余計なものは一切買わない。自分にとって大切なものはよく吟味し、品質の良し悪しも含め一度気に入ると、高価でも同じ店で、同じものを買った。

「襤褸買は安物買の銭失ひを謂ふ。その意一文惜しみの百損に同じと雖、是畢竟その結果を見ての推論なるべし」『桑中喜語』

靴

昭和二年十一月七日　晴れて風なし、昼餉すませて中洲病院に赴き診察を請ふ、気管支の炎症既に痊えたりと云ふ、喜ぶ可きなり、帰途銀座にて編上靴を注文す、価二十八円なりと、〈以下略〉

外出好きの荷風ならでは、よく履き込まれたことがわかる。傷んでも、修理に出して大事に履き続けた。

下駄

人並はづれて丈が高い上にわたしはいつも日和下駄をはき蝙蝠傘を持つて歩く。〈中略〉日和下駄の効能といはゞ何ぞ夫不意の雨のみに限らんや。天気つゞきの冬の日と雖山の手一面赤土を捏返す霜解も何のその。アスフワルト敷きつめた銀座日本橋の大通、矢鱈に溝の水を撒きちらす泥濘とて一向驚くには及ぶまい。

私はかくの如く日和下駄をはき蝙蝠傘を持つて歩く。

『日和下駄』冒頭

晩年過ごした市川でも、銭湯通いや近所での買い物にはいつも下駄履き。杖代わりになった傘も、よく持ち歩いた。同じく市川市内で没した幸田露伴の葬式の様子を見に行った時も、いつもの買い物籠を下げて下駄履きだった。遺品の下駄には踵と足指の跡が残っていた。

眼鏡

昭和十年九月十三日。時〻細雨あり。〈中略〉松島屋眼鏡店にて老眼鏡の修繕をなさしむ。今まで遠視十度なりしを八度となす。〈以下略〉

昭和十九年十二月初四。快晴。風なし。午後銀座二丁目眼鏡店松島屋に至り老眼鏡八度のものを購はむとするに十六度以上の強きものはなしと言へり。今用ふるもの破損するときは読書執筆共に不可能となるなり。わが身の末も思へば哀れはかなきものとはなれり。〈以下略〉

松島屋眼鏡店で老眼鏡をはじめて求めたのは大正９年、41歳の時。春陽堂版全集の出版が始まり、日々細かな活字を校正していた頃だった。以後、老眼が進むたびに松島屋で眼鏡の度を上げ、予備も用意した。荷風のトレードマークのような丸縁の眼鏡は、写真のものも含めて３つ残っていた。

昭和二十二年二月十七日。晴。寒。数日来市中の銭湯いづこも燃料不足にて休業。午後小瀧氏来話。いよ〳〵全集刊行に取掛るべしと云。過日依頼せしロンヂン製懐中時計を購ひ来らる。四千五百円と云
〈以下略〉

時計

中央公論社・小瀧氏に買って来て欲しいと頼んだ懐中時計も遺品の中にあったが、普段は腕時計を愛用した。

七輪

去年岡山の町端れに避難してゐた頃、同行のS氏は朝夕炊事の際片手に仏蘭西文典をひらき、片手の団扇で七輪の火をあふぎながら、時たま初学者の読むものを読むと大《おおい》に得るところがあると言つて居られた。

『仮寐の夢』より

［右］荷風は寄贈雑誌を炊事の燃料の足しにした。うちわであおぎたて、紙は火の粉となって飛び散って畳に焼け焦げができた。
［左］「日本茶はあまり飲まなかったみたいでしたね。紅茶を急須に入れて飲んでいました」と永光さん。たったひとつの湯飲みで紅茶もコーヒーも飲んだ。

茶器

「この辺は井戸か水道か。」とわたくしは茶を飲む前に何気なく尋ねた。井戸の水だと答へたら、茶は飲む振りをして置く用意である。

わたくしは花柳病よりも寧チブスのやうな伝染病を恐れてゐる。

『濹東綺譚』より

荷風のひとり暮らし遍歴

「最初私は独身といふことを、大変愉快のことのやうに感じてゐた。それは西洋の独身者などの生活を見たり聞いたりしてゐたからである。〈中略〉日本の今日の状態では、男の独身生活といふものは、日常生活の些細な点に於て非常に不便なものである」

麻布の偏奇館に住んで三年目に書いた随筆『独居雑感』の一節だ。なにが「不便」かといえば、ガス、電気代の集金は晦日かと思っていると、突然、月中に来る。また商人（八百屋、米屋）も時間を定めずに物を届けたり、勘定を取りに来るので家を空けることもできないという。

荷風は明治三十六年から約五年間、アメリカ、フランスで生活している。その経験と比較しても、女中を雇うのに、外国では食事の用意だけを頼む、掃除洗濯だけを任せるなど融通が利いたが、日本ではそうはいかないと記す。そして西洋では金がなければ妻帯出来ないが、日本は反対で、独身の生活は妻帯の生活よりもむしろ不経済な事が多い、とも嘆く。

明治四十一年、その洋行から帰った荷風は『あめりか物語』『ふらんす物語』を上梓し、一躍人気作家として脚光を浴びる。上田敏、森鷗外の推薦で慶応義塾大学の教授にも就任した。大正元年、三十三歳の時には、父親の勧めで、材木商斎藤政吉の次女・ヨネと結婚するが、当時、すでに芸妓・八重次と親しんでいた。家庭を顧みることはなく、同年十二月に父が脳溢血で倒れた時も八重次といた。翌年一月、父は死去。二月にはヨネと離婚し、大正三年に八重次と再婚。大久保余丁町の家で二度目の結婚生活を送るが、八重次は一年もたたぬうち置き手紙を残して家を出てしまい、離婚に至る。手紙には「あなた様にはまるで私を二足三文にふみくだしどこのかぼちや娘か大根女郎でもひろつて来たやうに御飯さえたべさせておけばよい……〈中略〉女房は下女と同じでよい『どれい』である〈中略〉つまりきらはれたがうんのつき見下されて長居は却而御邪魔」と書かれていた。以来荷風は、誰とも結婚することはなかった。

八重次が去った後、余丁町の千坪あまりの地所と家屋を売り払い、築地の手頃な広さの家に引っ越した。これには遺産を現金化するためだけでなく、大きな日本家屋はとても男ひとりで管理できない、という理由もあった。山の手育ちの荷風は、下町に憧れて芸者屋の立ち並ぶ築地を選んだが、半年後には早くも「路地裏のむさくろしさ」に閉口する。近所づきあいが密でプライバシーがないような日日に、うっとうしささえ感じていた。そこで山の手の土地を探しはじめて、みつけたのが麻布市兵衛町の貸地だった。

高台の眺望のよさと、緑豊かな環境が気に入って家を建て、大正九年五月に引越す。「麻布新築の家ペンキ塗にて一見事務所の如し。名づけて偏奇館といふ」。偏奇館の造りにも、海外生活の経験が活かされた。部屋の仕切りは、張り替えの必要な障子や襖ではなく扉を用い、窓も開閉が厄介な雨戸はなく、ガラス窓にしてカーテンをかけた。調度品はテーブルと椅子、そして「日本風の夜具蒲団は朝夕出し入れの際手数多く、煩累に堪えず」という理由でベッドを用意した。それらは西洋志向というより、独身生活の利便を考えた結果だった。

お屋敷町の一角のせいか、隣近所は同じ番地になっていて、訪問記者を惑わすのにもいい。「隠棲に適せり」と喜んだ。

資産があり、原稿を書いて生活費を捻出する必要もなかった荷風。かくして、趣味人として世の中を傍観するような、優雅なひとり暮らしが本格的に始まった。

街の女たちについての情報や奇談が、日記に登場し始めるのも偏奇館に住まいを移してからのこと。ふらりと市井の雑踏へ紛れ込み、世相や風俗をとらえ、それを写し出すことに興じた。大正十五年一月には「独居のさびしさも棄てがたく、蓄妾の楽しみも亦容易に廃すべからず、勉学もおもしろく、放蕩も亦更に愉快なりとは、さて〳〵楽しみ多きに過ぎたるわが身ならずや」と記している。

ひとり者ゆえ、出た先で夕食をとるのが習慣となり、レストラン、料理屋、カフェなどに通った。帰宅がどんなに遅くなっても家で待つ者がなく、気楽である。他人から干渉されない自由を至福とし、生涯独身を貫く決心を固めていった。

ところがこんな自由気儘な生活も、戦争によって断ちきられてしまう。二十五年住み慣れた偏奇館は焼失。縁者を頼って疎開先を転々とし、岡山で敗戦を迎える。

戦後は、千葉県市川市菅野の借家に杵屋五叟一家とともに移り住んだ。三味線とラジオの音に悩まされたこの同居は、昭和二十一年の大晦日の日記で「今年程面白からぬ年はわが生涯に曾て無し、貸間の生活の読書詩作に適せざること今に至りて初てこれを経験したり」と締めくくられる。

そして年明け早々に、小西茂也宅に移った。荷風が間借り生活を望んでいたわけではない。戦後のインフレ対策で、既存の預貯金の一切を封鎖され、生きていくためには新円を稼がなければならなかった。その金銭的な不安から、他人の家での仮住まいを余儀なくされていたのだ。

やがて昭和二十三年の暮れに菅野に古い一戸建てを購入。そして昭和三十二年には八幡に家を新築した。戦中に書きためた作品を次々に発表し、中央公論社版全集の刊行も始まり、印税が入って余裕ができたのだ。

再びひとり暮らしに戻ったが、偏奇館では使っていたガスと電話を、今度はひかなかった。なくても不自由しなかったのだ。衣類、本、生活用品も、必要なものだけを揃え、物が少ないから収納する家具もいらない。晩年の独居は、合理的で簡素を極めた暮らしぶりであった。

身のおきどころ

間借りの暮らし

終戦後、荷風は千葉県市川市に移り住んでから三度引越している。まず、疎開先の熱海から杵屋五叟（注1）と共に昭和二十一年一月、市川に落ち着き、五叟宅で約一年間過ごしている。その頃、すでに皮膚病の一種である疥癬に悩まされていた。

昭和二十年十二月廿八日、晴、風ありて寒し、十一月初頃より疥癬に罹る、いづこにて伝染せしにや、初め臍のあたりより発せしなれば、理髪店よりうつりしものとも定め難し、今は全身より手足の先に及ぶ、痒くして眠りがたきこともあり、これも戦争害毒の一ツなるべし、〈以下略〉

とにかく痒い。だから荷風は「カイカイ」と呼んでいた。治癒まで二年ほどかかった。市川の病院で診てもらった時には全身に広がっており、硫黄の温泉に入る以外、治療法はないと医者もお手上げの状態。折りしも戦後混乱の最中、湯治する術などない。そこへ相磯勝弥氏（注2）が、特効薬を調達してきてくれた。五叟の家に間借りの身でありながら、強い硫黄の臭いがするその薬〝ムトウハップ〟を風呂に遠慮なくドボドボと入れ、荷風は一番湯に浸かった。家人らは仕方なく、硫黄の臭いが鼻をつく湯に我慢して入った。

誰にも気兼ねのない奔放なひとり暮らしが身についた荷風は、一事が万事、こんな調子。同居人への遠慮や気遣いなど皆無だった。五叟の次男で戸籍上、荷風の養子となっていた永井永光さん（注3）は当時をよく覚えている。

「荷風の部屋から便所に行くには、私たちの部屋の前を通らなければならなかった。面倒だったのか、濡れ縁から放尿をしていました。荷風が引っ越した後に、小便がかかって雨戸の溝が腐っていたと母がこぼしていました。それに下駄や靴をはいたまま畳の上を歩くし、煮炊きもする。だから畳は汚れ、コゲだらけでした」

一方、荷風は荷風で、五叟宅は教員用住宅の一画にあり、物音が響きやすく、特にラジオの音量に辟易していた。

続いて小西茂也（注4）宅に居候するが、二年ほどして急遽、菅野の売り家を購入する。小西氏より転居の要請を受けたからだ。

昭和二十三年十二月初五。〈中略〉午後阿部春街氏来り小西氏よりたのまれたりとて突然貸間立退を申出せり。年末に至り

疥癬の治療に使っていた薬。

遺品の背広と蝙蝠傘（永井邸玄関にて）。
荷風は少し余裕のある、ゆったりめの米
国風の仕立てのスーツを好んだ。

て急遽引越先を見つけ得るや否や。おぼつかなし。

　フランス文学者の小西氏は荷風を敬愛しており、当初、部屋を提供することを喜んでさえいた。ところがいざ同居してみると、荷風の傍若無人さに驚嘆。六十九歳という高齢、しかも身寄りのない老人に、氏が年の瀬を迎えて立ち退きを申し入れたのもよくよくのことがあったのだ。申し出を受け入れた荷風だが、ひとり身の老人に家を貸してくれる所があるだろうか、運よく引っ越し先がみつかるかと不安になっている心境を日記に吐露している。菅野の家を買うと決めたのは、その六日後のことだった。

　購入に先立ち二、三軒の家を見て歩き、その中の一軒に決めた。平屋の瓦葺屋根、十八坪の家は当時の額で三十二万円。格子戸上口三畳、八畳と六畳の二間に、台所、風呂、トイレがあった。小門勝二氏（注5）によれば、紫陽花や躑躅などを植えた小さな庭があって、荷風はこの庭を大変気に入っていた。よく手入れされていたので、前の住人はお妾さんみたいな人だったのではないか、と想像を膨らませていたらしい（小門勝二『随筆パリ流連』私家版）。

　近所からはラジオの音もせず、執筆が進むと喜んだ。「隣家の人にきくにこの近辺は電力薄弱のため毎夜かくの如くラヂオもかけられませぬと言へり」。うらぶれた感じはするものの、荷風にとってはかえって好都合だった。

　古稀を目前に一軒家に移ったが、建物はすでにある程度の年数を経ていた。雨漏りするようになり、鍋や洗面器を床に置いてしのいでいた。当時、頻繁に出入りしていた小門氏にも、この窮状を隠していたのか、「雨の日は家に来ないように」と釘をさしていた。ところが、氏はうっかり雨の日に訪ねて雨漏りを目撃してしまう。荷風は動じることなく、「家の中でも傘をさせばいいんですよ」と言ったそうだ（小門勝二『荷風散人傳 巻二モーパッサン先生』『戯作者荷風』私家版）。

　やがて七十八歳を迎えようとする頃、再び家探しを始める。

終の棲家

昭和三十一年十一月三十日。〈中略〉帰途菅野駅附近に住める周施（ママ）業小林を訪ひ土地家屋の事を問ふ。結局土地を買ひ住宅を新築する事に決す。場所は京成八幡の駅に近き処四十坪ほどなり。明後日売主と会見して取引をなすと云ふ。

「周施業小林」は、小西氏から立退きをせまられたおりにも、荷風から相談を受けて住宅の世話をした人物だ。名を小林修といい、ひとり住まいを始めた荷風に、なにかと手を貸してくれた青年だった。荷風も彼への信頼はあつく「今の世にも親切かくの如き人あるは意想外といふべし」と記している。洋服や布団、蚊帳など身の回りの品々も調達してもらい、頼りにしていた様子が日記からうかがえる。「小林」との相談で即座に決めたその土地を、翌日、訪ねてきた相磯勝弥氏と見に出かける。そして二日後には「小林」と登記所に赴き、買入れ手続きを済ませた。
新築するからには、大工や業者とやりとりがあるはずだが、日記には細かな記述は一切ない。翌年三月二十七日、突然の引越しとなる。

三月廿七日。晴。午前十時凌霜子小山氏来る。小林来る。十一時過荷物自働車来り荷物を戴せ八幡町新宅に至る。凌霜子、小山氏の二人と共に新宅に至り、それより小林の三人にて運転の荷物を整理するに二時間程にて家内忽ち整理す。二氏午後三時頃去る。〈以下略〉

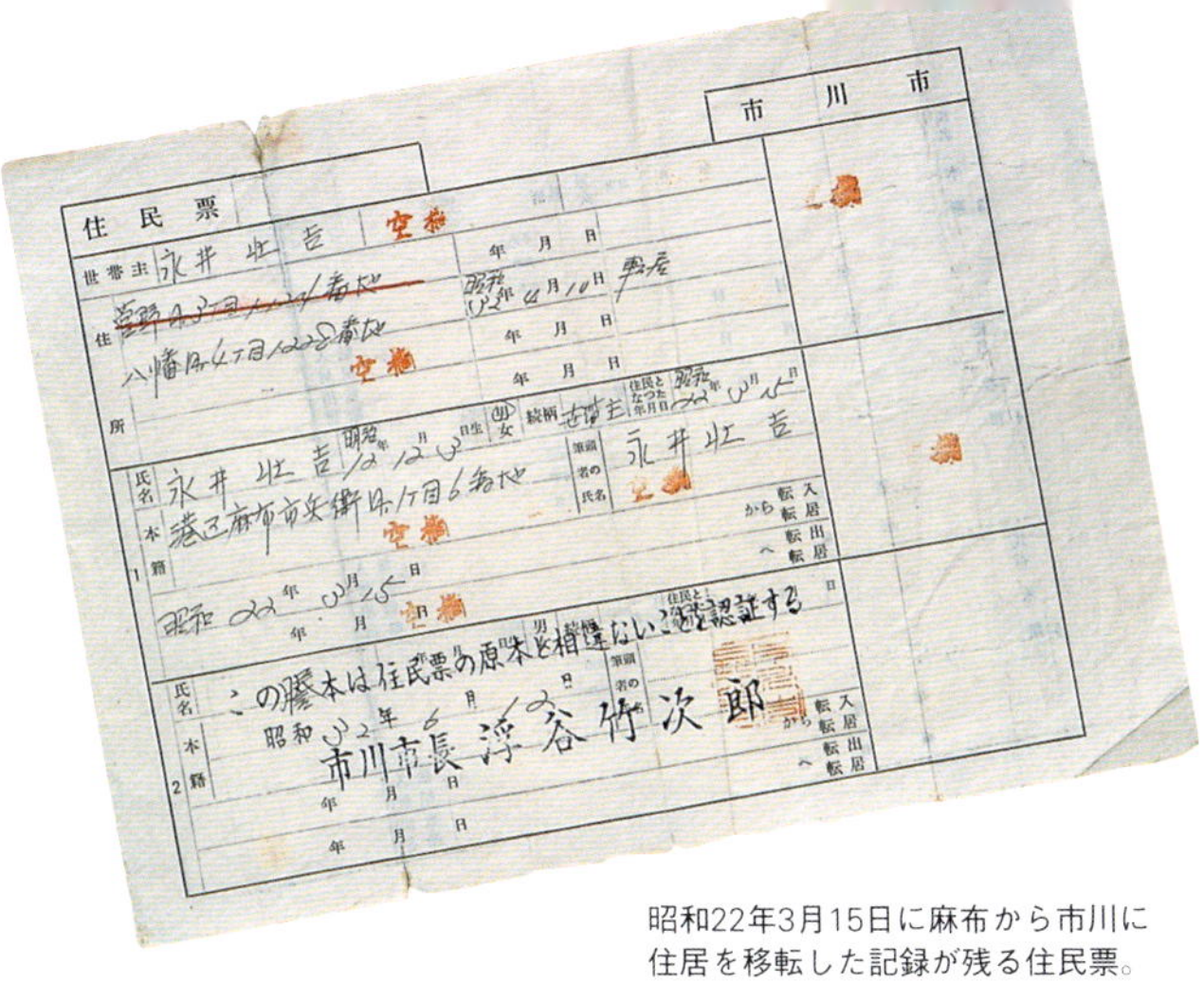
市川市
住民票
世帯主 永井壮吉
この謄本は住民票の原本と相違ないことを認証する
市川市長 浮谷竹次郎

昭和22年3月15日に麻布から市川に住居を移転した記録が残る住民票。

運び入れた荷物は二時間ほどで整理が終わった。身の回りの品は机と火鉢、本といった程度で、ほかに大きな家財道具と呼べるものはなかったのだ。
その夜は新居でひとり、粥を煮て食事をとったことが続けて記されている。
終の棲家の間取りは、六畳と四畳半、三畳、そして台所とトイレで、広くはないが庭もあった。若い頃は庭木の世話を好んだ荷風だったが、この家の庭に手をかけた形跡はそれほどなかったと永光氏は言う。現在は荷風の好んだ秋海棠や萩など幾種類もの植物が、荷風の死後、この八幡の家に住んだ永光夫妻の手によって植えられ、四季を彩っている。
奥の六畳間には、年中敷きっぱなしにされた布団と机、造りつけの本棚があった。
玄関脇の四畳半には、七輪や鍋、湯のみ、コーヒーの瓶、煙草や空き缶などが、畳の上に無造作に並べられた。手を伸ばせば大抵のものに手が届いた。小ぢんまりとして、好きなことに打ち込める。荷風理想の住まいは、永光氏の尽力によって、今も当時の佇まいを残している。

注1●杵屋五叟（きねや　ごそう）邦楽家
明治三十九年（一九〇六）〜昭和三十二年（一九五七）
本名大島一雄。荷風の従兄弟にあたり、遺言により次男の永光を荷風の養子にした。東京大空襲で家を失い、杵屋五叟一家は熱海に疎開。荷風は、終戦直後から熱海の五叟の元に身を寄せていた。

注2●相磯勝弥（あいそ　かつや）鉄工所重役
明治二十六年（一八九三）〜昭和五十八年（一九八三）
『断腸亭日乗』では「相磯凌霜」の名で記されている。戦前から交流があり、戦後には船橋市海神にあった別邸を、荷風の執筆のために提供していた。荷風との対談は『荷風思出草』（昭和三十年）にまとめられている。

注3●永井永光（ながい　ひさみつ）
昭和七年生まれ（一九三二〜　）
昭和十九年、跡継ぎのなかった荷風の養子として永井家に入籍。十代の時、熱海と市川で約一年半を荷風と生活を共にしている。

注4●小西茂也（こにし　しげや）フランス文学者
明治四十二年（一九〇九）〜昭和三十年（一九五五）
昭和二十二年〜二十三年、荷風に家の一部を貸していた。

注5●小門勝二（おかど　かつじ）元毎日新聞記者
大正二年（一九一三）〜昭和五十二年（一九七七）
『断腸亭日乗』では本名「小山勝治」として登場。毎日新聞東京本社に勤務していた昭和二十四年頃から荷風宅へ出入りしていた。晩年の荷風に接した数少ない人物で、私家版を含め見聞録を残す。

金と時間の使い方

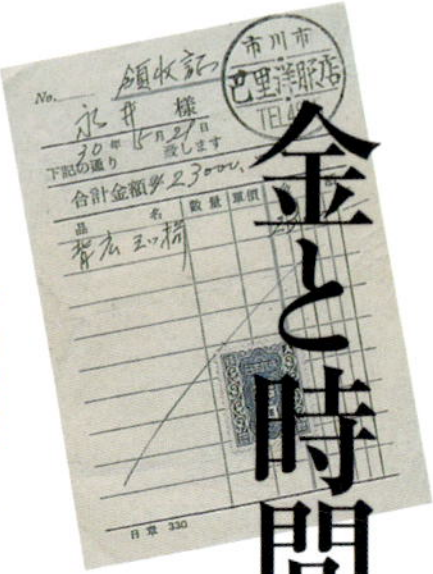

小説家たりえた環境

奇行の作家といわれる理由のひとつに、独特の金銭感覚があった。

荷風は、内務省、文部省の官僚を経て日本郵船会社の要職を務めた資産家の父の下で育った。大正二年にはその莫大な遺産を一人で相続し、元金には手をつけず、利子や株の配当で十分に暮らせた。生活費を稼ぐ必要はなく、日々読書三昧、あるいは散策に出かけて執筆の題材を拾い集め、花柳界にも遊んだ。遺産がなかったら、文学の世界に身を沈めることはなかったと言い切る。

小説家を志す人に対しては『小説作法』の中でも、

一　読書は閑暇なくては出来ず、況や思索空想又観察に於てをや。されば小説家たらんとするものはまづおのれが天分の有無のみならず、又その身の境遇をも併せ省ねばならぬなり。行く〳〵は親兄弟をも養はねばならぬやうなる不仕合の人は縦へ天才ありと自信するも断じて専門の小説家なぞにならんと思ふこと勿れ。

——と、天分の有無と同等に金銭的余裕がない者は、小説家を目指さないほうがいいと助言している。

大正三年には雑誌『文章世界』の「趣味と好尚」のアンケートに答えている。

好きな時代は？　物価安き時。

一番不幸に思ふことは？　銭のないこと。

金の苦労は知らないはずだが、若い頃から財布の紐は固かった。実用主義で無駄な買い物は一切しなかったし、必要がなければ、お茶一杯人に奢ることもなかった。自分の分だけをきっちり払うだけだった。

当時三十五歳で慶応義塾の教授だった荷風の素顔がうかがえるので、このアンケートの全回答を紹介しておこう。

財布はくずかごや下駄箱、台所の茶筒に隠していたという。家でも目につく場所に、お金や大事なものは置かなかった。

一　好きな色は？　青、薄墨もよし。
二　好きな花は？　水草の花。
三　好きな樹木は？　柳。
四　好きな季節は？
春夏秋冬ともによし。
五　一日の中の好きな時間は？
好悪無御座候。
六　好きな遊戯と娯楽は？　釣魚。
七　好きな書籍は？　別になし。
八　好きな名前（男並に女の）は？
名前はごく平凡なもの宜敷候。
九　好きな政治家（現在）は？
政治家のことは関知不致候。
一〇　好きな歴史上の人物は？　大田南畝。
一一　好きな女の顔と性格は？

答ふべき限りにあらず。

一二　好きな時代（東西古今を通じて）は？　物価安き時。

一三　世界中で住みたいと思ふ所は？　如何なる処も住めば都なるべし。

一四　外に好きな職業を選んだら？　職業となれば皆面白からず。

一五　一番幸福に思ふことは？　訪問記者の来らぬ日。

一六　一番不幸に思ふことは？　銭のないこと。

博文館発行の『文章世界』（臨時増刊号）「趣味と好尚」のアンケートより

必要なものといらないもの

しかし戦後は、荷風にも暗雲が立ち込める。昭和二十一年正月元旦の日記には、「今日まで余の生計は、会社の配当金にて安全なりしが今年よりは売文にて餬口の道を求めねばならぬやうになれるなり、〈中略〉老朽餓死の行末思へば身の毛もよだつばかり」とある。六十七歳を迎えて生活のために働く覚悟を固め、無駄な出費は抑えなければならぬと自らを戒めた。鍋や食器などの日用品に限らず、本、衣類も必要最小限のものだけを揃えるようになる。

小門氏の『裸体交響曲』（私家版）によれば、菅野の家には電球がひとつしかなかったという。夜遅くなって荷風の家を訪問することはなかったが、急用があって夜間に訪ねた。すると「ちょっとお待ちなさい」と奥座敷の電気を消し、裸電球を外して玄関座敷の電燈に移し変えた。「電球が一つしかありませんからね。だれも夜なんか来やしませんもの」。

また、中村光夫は『《評論》永井荷風』で、編集者だった頃、菅野の家を訪ねた様子を書き残している。電燈がいやに暗いのでそのわけを尋ねると、電圧が低いからだと言う。さらに、トランスを新しくすれば電圧を正常にすることができる、と勧誘されたが、断わったことも荷風は話した。「何しろ三十円だせというんで、とてもそんなことできませんよ」。

単なる吝嗇だったのではなく、荷風なりの金銭哲学と美学もあった。これぞというものは、どんなに高価でも手に入れた。たとえば、毎朝飲んでいたインスタントコーヒー。戦後は高級嗜好品の最たるものだったが、簞笥一棹と同じ値段でも買った。しかし簞笥は自分にとって必要のないものだから、いくら安くても買わないと語っている（小門勝二『荷風散人傳巻二モーパッサン先生』私家版）。

浅草に行くと踊り子たちに汁粉やどじょうをご馳走していた。楽しい時間を過ごし、小説や随筆、『断腸亭日乗』の種も拾える。荷風にとってこういう出費なら、決して無駄ではなかった。

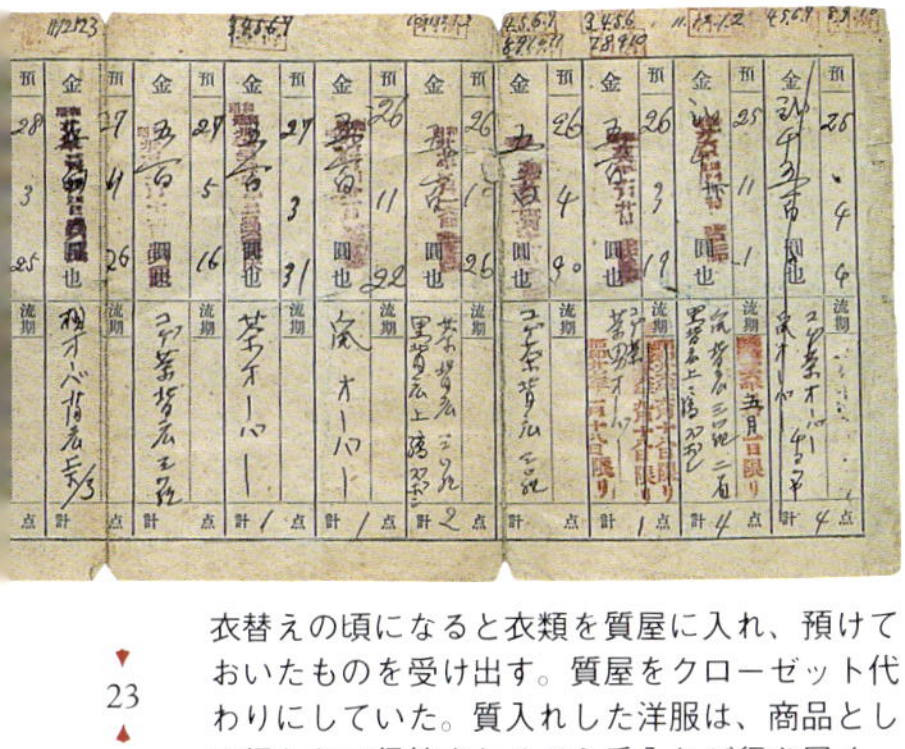

衣替えの頃になると衣類を質屋に入れ、預けておいたものを受け出す。質屋をクローゼット代わりにしていた。質入れした洋服は、商品として扱われて保管されるから手入れが行き届く。花柳界の人に習った知恵だった。これなら簞笥が要らないのもうなずける。

泣き明かした夜　母のこと

母の形見である裁縫セットと櫛を、荷風は生涯大切にした。戦争で疎開する時も、草稿や通帳とともに肌身離さず持ち歩いた。

荷風こと永井壮吉は明治十二年、永井家の長男として生まれた。四歳の時、母は生まれたばかりの弟・貞二郎にかかりきりになり、荷風は母方の鷲津家に預けられて祖母に育てられた。小学校へ入学する三年後に生家に戻るまで、傍に母のいない生活だった。祖母が嫌いだったわけではない。よく可愛がってくれたし、荷風もなついた。母に甘えたくても弟がいて（明治二十年に末弟・威三郎も生まれている）、もはや自分だけの母ではなかった。

父・久一郎はアメリカ留学の経験があり、生活にいち早く外国文化を取り入れていた。永井家の居間にはテーブルと椅子が据えられ、白いテーブルクロスのかかった食卓には、母・恆《つね》が作る西洋風の家庭料理が並んだ。

母は熱心なキリスト教信者で、牧師が催す西洋料理の講習会に出席し、調理法を学んだ。当時はまだ珍しい料理だったビーフステーキやハンブルグステーキなどの作り方を、優雅な筆字で書き留めた恆のノートが今も残っている。

荷風が文学を志したのは、「禾《か》原《げん》・来《らい》青閣《せいかく》主人」の号を持つ漢詩人でもあった父ではなく、母親の影響が強かったらしい。母は儒者・鷲津毅堂の次女で、家庭では文学雑誌『文芸倶楽部』などを愛読していた。「母はぼくに読めるものを買っていたもの。小説はその感化が多いですよ」（『荷風思出草』）。

長じて、父の死（大正二年）を待っていたように最初の離婚、芸妓との再婚という放埒な長男の振舞いに、永井家の家督を継いだ末弟・威三郎は大いに憤慨、以後、荷風と威三郎の不仲が続く。母はすでに、威三郎の家に身を寄せていた。

しかし再婚相手の芸妓・八重次は一年もたたぬうちに家を出てしまい、離婚に至る。父親の遺した余丁町の敷地内の一軒家に寝起きしていた荷風は大正七年十二月、屋敷や家具什器、書画骨董すべてを売り払い、父名義だった株券四万円分もすべて荷風・永井壮吉名義に移した。これに先立つ大正五年、慶応義塾を退職する直前に、千坪あった土地の半分を売却して得た二万円が手元にあり、莫大な資産と共に荷風はひとり築地へ移り住む。

一年ほどして、母は築地の荷風の家を初めて訪ねて来た。荷風は母と連れ立って風月堂で食事をし、翌日には、母のために精養軒の食麺麭を買って自ら大久保の威三郎の家に向かっている。以来、母との行き来が再開し、帝国劇場で一緒に演劇鑑賞をすることもあった。

大正八年十一月廿三日。銀座義昌堂にて支那水仙を購ひ、午後母上を訪ふ。庭前の楓葉錦の如し。母上居室の床の間に剝製になせし白き猫を見る。是母上の年久しく飼ひたまひし駒とよぶ牡猫なること、

耳のほとりの黒き斑にて、問はねど明かなり。〈以下略〉

剝製になっていた猫は、八重次が髪結いの家からもらってきた子猫だ。八重次は威三郎の反感を買っていたが、母は彼女の猫を引き取ってとても可愛がり、亡骸を剝製にまでしたのだ。午後に大久保を訪ねた荷風は夜まで母と語らい、駒が年老いて死んだ時の様子も詳しく聞いて「悲しみ更に深し」と締めくくっている。

偏奇館に移ってからも、母はやってきた。大正十一年十二月三日、荷風四十三歳の誕生日にも六十一歳の母は、手作りの西洋菓子を携えて息子の元へ足を運んだ。

昭和二十二年三月初九

〈中略〉洋服のほころびを縫ひて後寝に就けり。一昨年の今月今夜麻布の家を失ひてより遂に安住の処を得ず。悲しむべきなり。

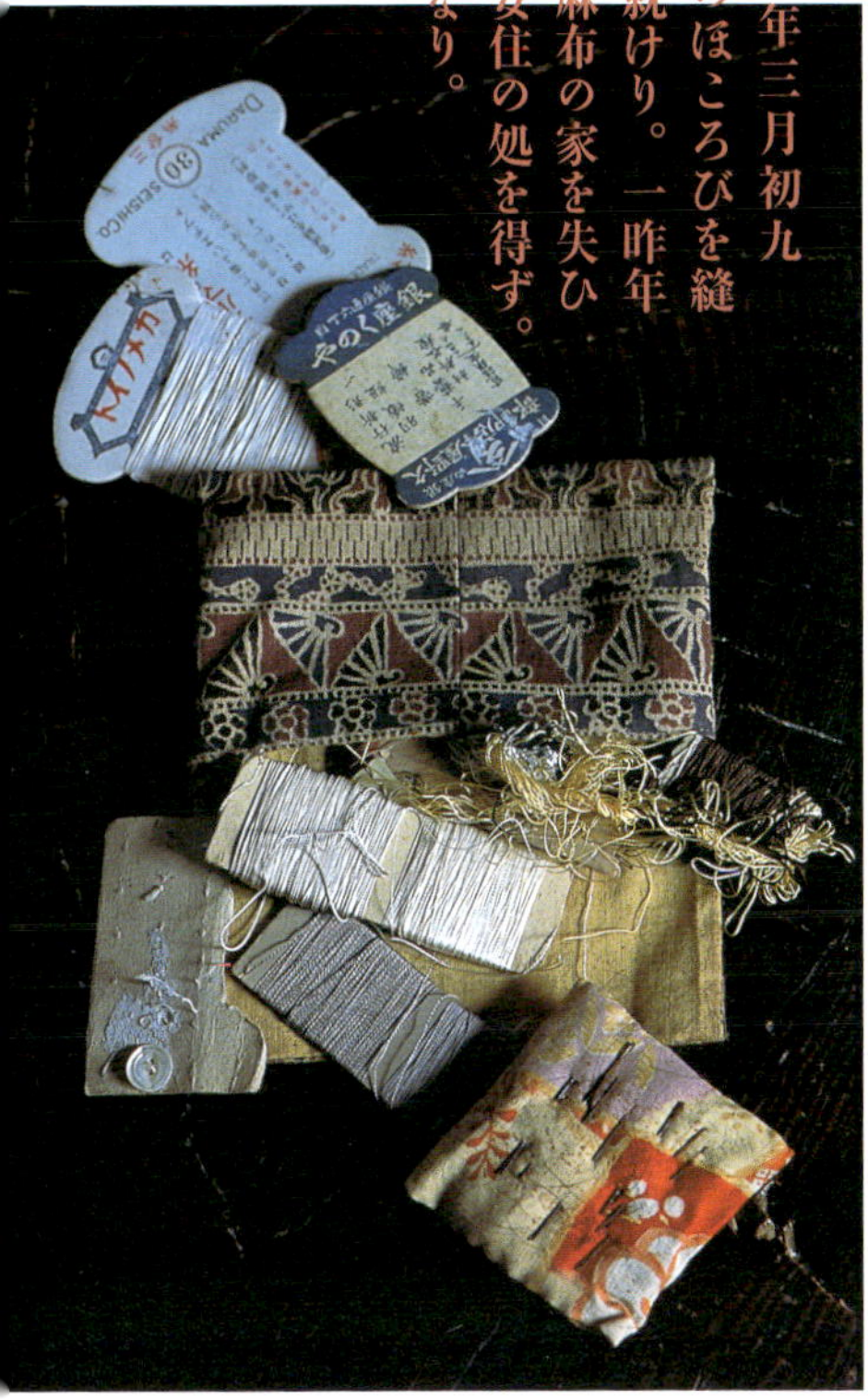

母の形見の裁縫セットを使い、洋服のほころび直しやボタンつけは自分でやっていた。

長男に立身出世を望んだ父は荷風に対して厳しかった。中学卒業後、第一高等学校の入試に失敗した荷風に対し、「貴様見たやうな怠惰者《なまけもの》は駄目だ、もう学問なぞはよしてしまへ」と叱責した（随筆『九月』）。一方、母は「何事にも極く砕けて優しい」と幼少時代を回想した小説『狐』のなかで描写している。

しかし、弟との確執が尾を引いて大久保への荷風の足はさらに遠のく。老いて外出が難しくなった母との行き来は、次第に途絶えていった。

昭和十二年四月三十日。くもりて南風つよし。午後村瀬綾次郎来りて母上の病すゝみたる由を告ぐ。されど余は威三郎が家のしきみを跨ぐことを願はざれば、出でゝ浅草を歩み、日の暮るゝを待ち銀座に飾し富士地下室に憩ふ。〈以下略〉

母の死期が迫っても荷風は面会に行くことはなかった。臨終にも立ち会わず、葬式も欠席した。

昭和十二年九月八日、恆は威三郎らに看取られて死去、享年七十六だった。荷風はひとり、偏奇館に遺影を飾り、追悼の句を詠んで冥福を祈った。

泣きあかす夜は来にけり秋の雨
秋風の今年は母を奪ひけり

洋行帰りの身だしなみ

留学中に身についた習慣で、朝と晩の２回、
髭を剃っていた。身だしなみには気を使い、
石鹼や安全剃刀、歯磨き粉などの日用品は
戦前から、舶来品を愛用した。

頭髪を刈つたり髯を剃つたりすることは日常の大切な身嗜《みだしな》みである。他人に不愉快を与へないやうに身じまひをすることは、西洋では其日の務《つとめ》のやうになつてゐる。

『独居雑感』より

荷風は身だしなみにこだわる、お洒落な人だった。外出には髭をきれいに剃り、三つ揃えのスーツにネクタイを結んだ。髪はまめに散髪屋で短く切り揃えた。

二十四歳の荷風が、横浜港からアメリカへ発ったのは明治三十六年九月。内務省退官後、日本郵船会社に在籍していた父が、実学を身につけさせようと送り出したのだ。この時代の外遊には巨額の資金を要した。夏目漱石や森鷗外も異国の地を踏んだが、彼らは官費のエリート留学生である。恵まれた海外生活は、帰国後の荷風の文学活動だけでなく、生き方にも大きな影響を与えた。

日常の暮らしでは紅茶やコーヒーを好み、葡萄酒を嗜んで、舶来の煙草や石鹸などを用いた。服装や持ち物も、入念に吟味した洋装を身につけた。幼少の頃より洋服を着せられてハイカラな家庭で育ったから、着こなしの素地はできていたが、やはり西洋で本物を目にしたことは大きかった。ステッキ代わりに傘を携行したのは、英国紳士のスタイルに習ってのこと。ボヘミアンタイや蝶ネクタイを好み、洋服や季節に合わせて帽子をコーディネートした。『洋服論』では、「日本人洋服をきる場合には黄き顔色に似合ふべきものを択ぶ事肝要なるべし」と説き、黒、紺、鼠色などは誰にでも合う無難な色だとアドバイスをする。そして、本当に大事なのは衣服よりも、「身じまひ」なのだという。

日記からは、流行の先端をいく銀座で、身の回りのものをそろえていた様子もわかる。

もっとも、繁華街も戦火に見舞われ、外出が減る戦時中には、「炊事と掃除にいそがしき時は折々顔も洗はず鬚も剃らぬことあり」（昭和十九年十二月二十六日）という時期もあった。

戦後最初の高価な買い物も洋服だった。

昭和二十一年九月廿四日、〈中略〉**背広千五百円、外套二千五百円と云、**

晩年、物を無駄にしない荷風は、着古した服で、紐やネクタイをベルトの代わりにすることもあった。しかし外出時には変わらず、手持ちの一番高価なスーツに身を包んでいた。

江戸文化への憧憬

洋行から帰国した荷風は、日本のやみくもな西洋崇拝に嫌悪を感じるようになっていた。日本がいくら西洋を目指しても、荷風の目にはただの真似にしか映らなかった。

慶応義塾の教授としてフランス文学を論じる一方で、日本の伝統芸術に、以前にも増して向き合うようになる。

荷風はもともと江戸情緒が残る古典芸術を愛していた。二十歳で落語家朝寝坊むらくに弟子入りをしたり、その一年後に歌舞伎作者を目指して、拍子木打ちの勉強までしている。

三十代後半の荷風は、清元に熱を上げた。「三味線は言ふ迄もなく二世紀以前売色の巷に発生し既に完成し尽した繊弱悲哀なる芸術である」と『雨瀟瀟』で語る。浮世絵や歌舞

昭和六年四月十九日、晴又陰、終日机に凭る、夜銀座散策、偶然笄阜子に逢ふ、鳩居堂にて香を購ひ帰る、

歌舞伎役者の二代目市川左団次が成形し、荷風が絵と文字を添えた合作の楽焼の香炉。二代目左団次には二度目の結婚の際に媒酌人を頼んでいる。人一倍匂いに敏感だった荷風は、人の家を訪ねて部屋に案内され、その家特有の臭いが鼻につくのはあまりいいものではないと考えていた。そのせいか香はよく焚いていたようで、母が偏奇館を訪ねてくる時にも、決まってお香を焚いて迎えた。

大正七年
正月十七日。築地に清元梅吉を訪ひ帰途新福亭に立寄る。亭主風労にて打臥しゐたり。
十一月廿一日。午前薗八節けいこに行く。この日欧洲戦争平定の祝日なりとて、市中甚雑遝せり。〈以下略〉

遺品の中には三味線の撥があった。清元、薗八節を習い、柳橋や新橋の芸者と浮名を流していた。『腕くらべ』などに代表される花柳小説の中で荷風は、芸事の巧拙を語り、哥沢節をうなる芸人や常磐津の師匠などの人物を登場させた。一方、若い頃にはピアノを習っていた。大正15年の秋には帝国劇場の十日間連続のオペラに連日通いつめたこともあり、ジャズもいいと褒めるなど、趣味の広さがうかがえる。

伎等と同じく三味線は、現代の声ではなく、過去のつぶやきだという。取り残されていくものの美であり、消えゆく江戸情緒に心引かれる荷風が夢中になったのも当然だった。

江戸文化に浸ろうと荷風は、三味線の音がする築地にも暮らした。慶応義塾にはスーツで出勤するが、プライベートな時間は、きもので過ごすことを好んだ。

劇界の改革者といわれた歌舞伎俳優、二代目市川左団次とは古筆や骨董、俳句などを通した親友で、荷風は彼に戯曲『平維盛』を書いている。大正八年三月のある日、左団次より明治座の稽古に招かれる。その時、左団次の「古渡り紅地広東縞の羽織。結城お召かと思はる、小袖に紅縞唐桟の下着を重ねたり」という装いを、荷風は「申分なき渋いこのみなり」とほめる。役者ならではの粋なセンスに、荷風は一目置いていた。

江戸趣味を十二分に発揮してものしたのが、大正三年〜四年に『三田文学』に掲載された『日和下駄』。蝙蝠傘片手に日和下駄をひっかけながらの市中の散策記だ。荷風は、嘉永版の江戸切図を携えた。現代の路地を歩きながら、昔の地図と引合わせて行けば、江戸の昔と東京の今とを目のあたりに対照させることができる。そうして、江戸文化の残滓を丁寧に拾い集めた。

明治・大正の近代化が進むなかで、東京に残る江戸の美しさを発見しようと、開発から取り残された裏通りを好んで歩いた。消え去ろうとする江戸文化の残存を、荷風は懸命に希求したのだった。

動物の中で小鳥ほど死んだ形の美しいものはない。

荷風の小説『うぐひす』の一節だ。読書や執筆の傍ら、ひよどり、鳩、四十雀、雀などの野鳥の声に耳を傾けた。新春に鶯の初音を聴くと、例年のように日記に記録をしている。小鳥を購入して飼ったこともある。偏奇館でもセキセイインコの番を飼ったし、戦後、菅野の家でも鳥籠をつるした。

「日乗」の断片 1

「荷風散人年七十二」小鳥を飼う

昭和二十四年十月十三日。毎月寄贈の出版物を古本屋に売りて三千余円を得たれば午後銀座千疋屋に赴き一昨日見たりし小禽を買ふ。〈以下略〉

銀座千疋屋といえば高級果物を扱う老舗だが、当時は観葉植物で飾ったフルーツパーラーがあった関係から、熱帯魚や南国の鳥をその中で飼い、販売もしていた。

同月十一日の日付に戻ると、戦前に住んでいた麻布の周辺がどう変貌しているのかと、午後にふと思い立って荷風は出かけている。「小鳥を見」たという「一昨日」のことだ。

アメリカ大使館の裏門前は米国憲兵派出所ができ、偏奇館の跡には日本家屋が出来つつあり、二、三人の大工が作業を進めている最中だった。

……霊南坂上より此の辺一帯通行人殆無くその閑寂なること大正九年余の初て築地より移居せし時の如し。〈中略〉突然一商店の中より余を呼ぶものあり。見れば以前常に物買ひたる薬屋の主人なり。〈以下略〉

それから溜池まで歩き、新橋行きの電車に乗って銀座にも立ち寄ったのだ。

後のある日、亀戸電車通精巧舎前の小鳥屋で餌も売っていると聞いて訪ね、稗と粟を買う。「銀座千疋屋にて購ふよりは倍以上もやすし」とその値段の安さに驚いて、以後は亀戸の小鳥屋のみで餌を求めた。

自分の文筆活動を回想した随筆『書かでもの記』では、メジロ好きだった恩師について触れている。十九歳の荷風は、『簾の月』という書きかけの原稿を携えて、『今戸心中』などで知られる作家・広津柳浪の門を叩いた。荷風が世に出るきっかけを作った人物である。

牛込矢来町に居を構えていた広津柳浪はメジロの番を飼っていたが、妻に先立たれてからは鳥籠の数が次第に増えて小鳥屋のようだった、と小鳥に慰められる師を語る。

荷風は飼い始めて五年後の小鳥の死を、いつもの通り淡々と記した。

昭和二十九年十月初六。小雨。創元社来話。セキセイインコ二羽の中一羽死す。夜に入り雨霏ゝ。小説四五枚執筆。

荷風は小鳥の死骸が美しい理由を、以下のように書いている。「小さな眼を閉ぢ細い嘴を軽く開き足を少しつぼめて死んでゐる其の形は見るも哀にいたいたしく覚えず掌に載せて打眺めた末庭の土を掘り厚く葬つてやりたくなる」。

菅野の自宅にて。

創作の意欲衰えず

筆を執るのは大抵午前中である。午後や夜分に書く事は殆ど無い。筆の速力は極遅い方で一日に二三枚位きり書けぬ。〈中略〉

悪い癖で、書き直しを多くする。字の並べ方が穢いのを書き直すと云ふ風で、幾度も〳〵清書をし直す。殊に書き出しなどは幾通りにも書いて見る。大抵の作は、三通りも四通りも書き出しがあると云ふ風である。私の事を推敲を重ねると人は云ふが、推敲と云ふのでも無からう。無理に凝つて、こじつける方かも知れぬ。

『文士の生活』より

荷風は妻や子供を持たない心情について多く書き残している。特に行儀の悪い子供を目にすると、ここぞとばかりに自分に子のないことを幸せだと記す。

独身の気楽さが、荷風の創作活動をより自由にさせた。昭和三年十二月三十一日の日記では「わが身に定まる妻のなかりしも幸の一なり、妻なければ子孫もなし、子孫なきが故にいつ死にても気が楽にて心残りのすることなし」と綴っている。気の向いた時に、散歩と称して昼夜関係なく自由気ままに出歩く。そうして『断腸亭日乗』に記載された事柄が、後に随筆の材料になる。実際に見たり聞いたりした材料に創作を加え、小説を紡ぎ出す。作家・荷風は自分の目で実物を見ることを何よりも大切にした。

其の題も「黄昏」と命じて、発端およそ百枚ばかり書いたのであるが、それぎり筆を投じて草稿を机の抽斗に突き込んでしまつた。〈中略〉

わたしは何故百枚ほどの草稿を棄て、しまつたかといふに、それはいよ〳〵本

題に進入るに当つて、まづ作中の主人公となすべき婦人の性格を描写しやうとして、わたしは遽にわが観察の尚熟してゐなかつた事を知つたからである。

『十日の菊』

その経緯を旧友・井上唖々に話すと、無理に実物を見ようとしなくとも、「大抵様子はわかっているじゃないか。講釈師見て来たような嘘言をつき。そこが芸術の所以だろう」と言われた。荷風はそれに対し、「それでも一度は実地の所を見て置かないと、どうも安心できないんだ」と答えている。

そんな荷風は特に、日陰者や虐げられた人に興味と関心を示し、一歩引いた目で見つめ、存在のはかなさや社会のゆがみを言葉に写し取ることに魅かれた。三島由紀夫は「一番下品なことを、一番優雅な文章、一番野蛮なことを一番都会的な文章で書く」と『永井荷風「文芸読本」』の座談会で語っている。

書いては直し、幾度も推敲を重ね、本にまとまってからも、さらにまた推敲する。「推敲に念を入れて楽しむ作家ですよ。先生は」と慶応義塾での教え子であり、小説家・詩人の佐藤春夫も言っている。昭和二十三年、中央公論社から刊行された『荷風全集』の蔵書には、念入りに推敲した形跡が残っている。表紙裏の見返しには、推敲したページが書き込まれ、そのページを開くと確かに鉛筆や赤鉛筆で直しが入っている。

作家・荷風は、一般に「文壇の士」「文学者」と呼ばれる人物を嫌い、交流は少なかったが、谷崎潤一郎は特別で、書簡のやりとりや行き来があった。

昭和十六年十二月初一。〈中略〉谷崎君余がために北京の人金禹民にたのみて断腸亭の三字を刻せしめたりとて玉の印顆を贈らる。〈以下略〉

「断腸亭」の文字が刻まれたこの印は、奇跡的に戦火を免れる。

駆け出しだった谷崎の『刺青』を、荷風は自分が主宰する『三田文学』で取り上げ絶賛した。これが世に出るきっかけとなった谷崎は生涯、恩義を感じて、七つ年上の荷風への敬意を忘れなかった。

谷崎が四十四歳の時、最初の妻・千代子夫人を佐藤春夫に譲渡するという出来事があった。谷崎、千代子、佐藤の三者連名で新聞に声明文まで出し耳目を集めた。谷崎は声明文と同じ内容の手紙を荷風に送っている。

逆に、荷風は菊池寛をことさら嫌悪していた。菊池が創刊した『文藝春秋』で

晩年愛用した机は、市川駅前の古道具屋にて150円（当時）で買い求めたもの。

批判的な記事を掲載されたこともあった。

昭和四年三月廿七日〈中略〉是日偶然文藝春秋と称する雑誌を見る、余の事に関する記事あり、余の名声と富貴とを羨み陋劣なる文字を連ねて人身攻撃をなせるなり、文藝春秋は菊池寛の編輯するものなれば彼の記事も思ふに菊池の執筆せしものなるべし、

戦後荷風は、『濹東綺譚』（昭和十二年、私家版刊）に続く小説を描こうと、小岩や銀座で取材をし、構想を練ったがまとまることはなかった。最後の小説となったのは、死の前年、昭和三十三年の『中央公論』八月号に発表された『晩酌』である。原稿用紙十枚ほどの作品だった。

会社員の新太郎は、毎日決まった時間に退社して帰宅する真面目な初老の男。晩酌の習慣はなかったが、妻が法事で不在のある日、おでん屋で

戦前は原稿を筆で書き、戦後は次第に鉛筆を用いるようになった。ペン（左下）は晩年の日記の下書きで使われた。推敲を重ねる荷風のこと、消しゴムの減りが早く、近所の文房具屋で頻繁に買い求めた。店の主人は一度にたくさんの消しゴムを買う老人に「消しゴムを食べているんですか?」と質問した。老人はニコッと笑っただけでなにも答えなかったそうだ。主人はずっと後になって、その老人の正体が作家・永井荷風だと知った。

［右］お気に入りの筆は、九段坂上の平安堂のものだった。戦前の日記には、平安堂で細筆を数本まとめて購う記述が数回登場する。
［左］使いかけの硯箱。ほかに未使用の墨が数本と、修正するために白墨も用意されていた。

酒の味を覚えて以来、晩酌をするようになる、というあらすじ。その日もほろ酔い気分で帰宅し、「若い中には何を見ても面白いもんだが、年をとると何をするのも面倒になるんだ。財産ができて、何にもしないで暮して行けるやうになつたら、きつとそれもつまらなくなるだらう。〈中略〉」「物は無い中が楽しみなのかも知れません。」という夫婦の会話が交わされる。

「年をとると何をするのも面倒になる」——老年の心境をそんな風に描きながら、日々街を歩き、『断腸亭日乗』を死の前日まで書き続けた。のみならず、世に出ることがなかった秘本も存在している。巻末でご覧いただこう。

昭和二十年三月十一日、日曜日、〈中略〉午後五叟の子二人再び偏奇館の灰をかくとて出で行けり、〈中略〉五叟の子灰の中より掘り出せしものを示す、手にとりて見るに、曾て谷崎君贈るところの断腸亭の印、楽焼の茶碗に先考の賞雨茅屋と題せしもの、又鷲津毅堂先生の日常手にせられし煙管なり、〈以下略〉

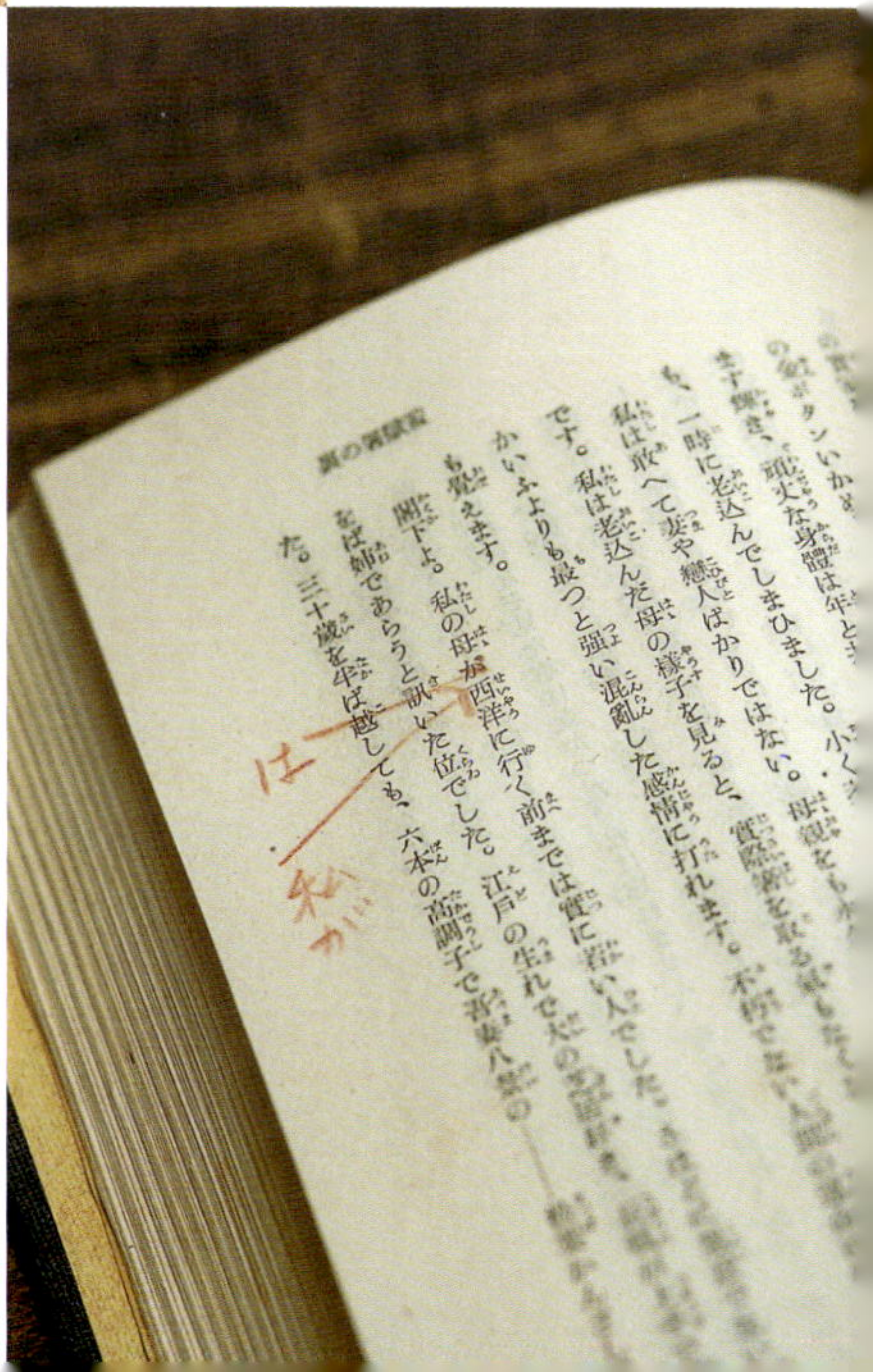

[上] 谷崎潤一郎に贈られ、偏奇館の焼け跡で奇跡的に見つかった「断腸亭」印。
[右] 全集にまとめられた後も自作を繰り返して読み文章を直すことをやめなかった。

読書という喜び

「人生の至福は読書に在り」と荷風はいう。

洋の東西、古今を問わず集めた書物が、偏奇館の書斎に大切に保管されていた。しかし昭和二十年の東京大空襲で、偏奇館は焼失。

「ぼくの焼けた本は、図書館へ行けば読めるという種類のものじゃありませんでしたぜ。いくらぼくが物好きでも、図書館へ行けば見られるようなものを買い込むことはないもの、自分の趣味に合ったものをせっせと集めた。ぼくの趣味のものばかりじゃ世間の人たちには一向に役に立ちそうもないが、こっちにはそれが大事だったんですよ。……」と荷風は語った（小門勝二『荷風逍遥』私家版）。

荷風が蒐集した書物だけでなく永井家に代々伝わる古い書籍も含まれていたが、瞬く間に火に包まれて灰になった。屋外に逃げ出した荷風は、赤々と上がる炎と黒煙を遠まきに呆然と眺めた。以来、書物の収集癖は影を潜める。

戦後、買い集めたのは森鷗外と幸田露伴の全集、そして洋書の類だった。本棚に収められた三分の一はフランス語の原書。若い頃からエミール・ゾラやモーパッサンなどに傾倒し、フランス文学を愛し、翻訳もした荷風を納得させる邦訳がなかったから、原書を自分で読んだ。

同時代の作家では鷗外と露伴以外、国内では読む価値のあるものはないと言っていた。そのため「座右往々にして手にすべき書なきに苦しむことあり」とも日記に記されている。他界する一年前

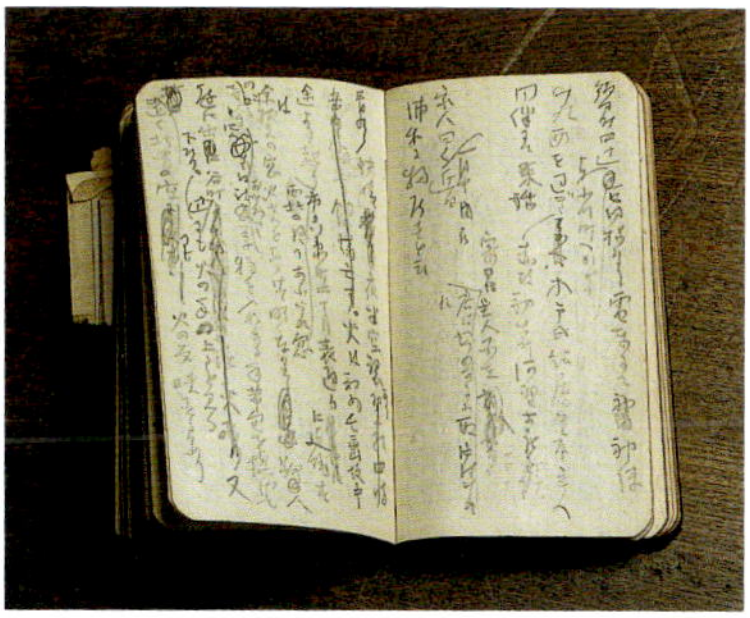

昭和20年3月10日未明に偏奇館が焼亡。25年間住み馴れた家が焼きつくされる様子を遠くから眺め、この手帳に詳しく書き留めた。

（昭和三十三年）、雑誌『婦人公論』は五百号記念に、「昔の女 今の女」と題して、荷風と谷崎潤一郎の対談を行った。婦人記者の今昔、現代女性観、好きな女のタイプといったテーマで対談は進み、やがて読書にも話題が及ぶ。司会者から「この頃露伴全集を読んでいるようですね」と話を向けられると荷風は「文章がうまいですね。とてもわれわれじゃあれだけ書けませんよ」と答え、谷崎も「どこを開けてみても、たいがい退屈しないな、『露伴全集』だつたら。鷗外さんもだけれども、露伴、鷗外だね、退屈しないのは。どういうわけかな」と続ける。特に、荷風は鷗外の熱心な読者というだけに留まらなかった。信奉者ともいえるほど心酔し、鷗外の居住まいや精神、すべてにおいて崇拝していた。自分の一生を終えるなら鷗外の命日、七月九日に死にたいとまで口にした。

大正十一年七月十九日。帝国劇場にて偶然上田敏先生未亡人令嬢に逢ふ。上田先生の急病にて世を去られしは七月九日の暁にて、森先生の逝去と其日を同じくする由。〈中略〉余両先生の恩顧を受くること一方ならず、今より七年の後七月の初にこの世を去ることを得んか、余も其時始て真の文

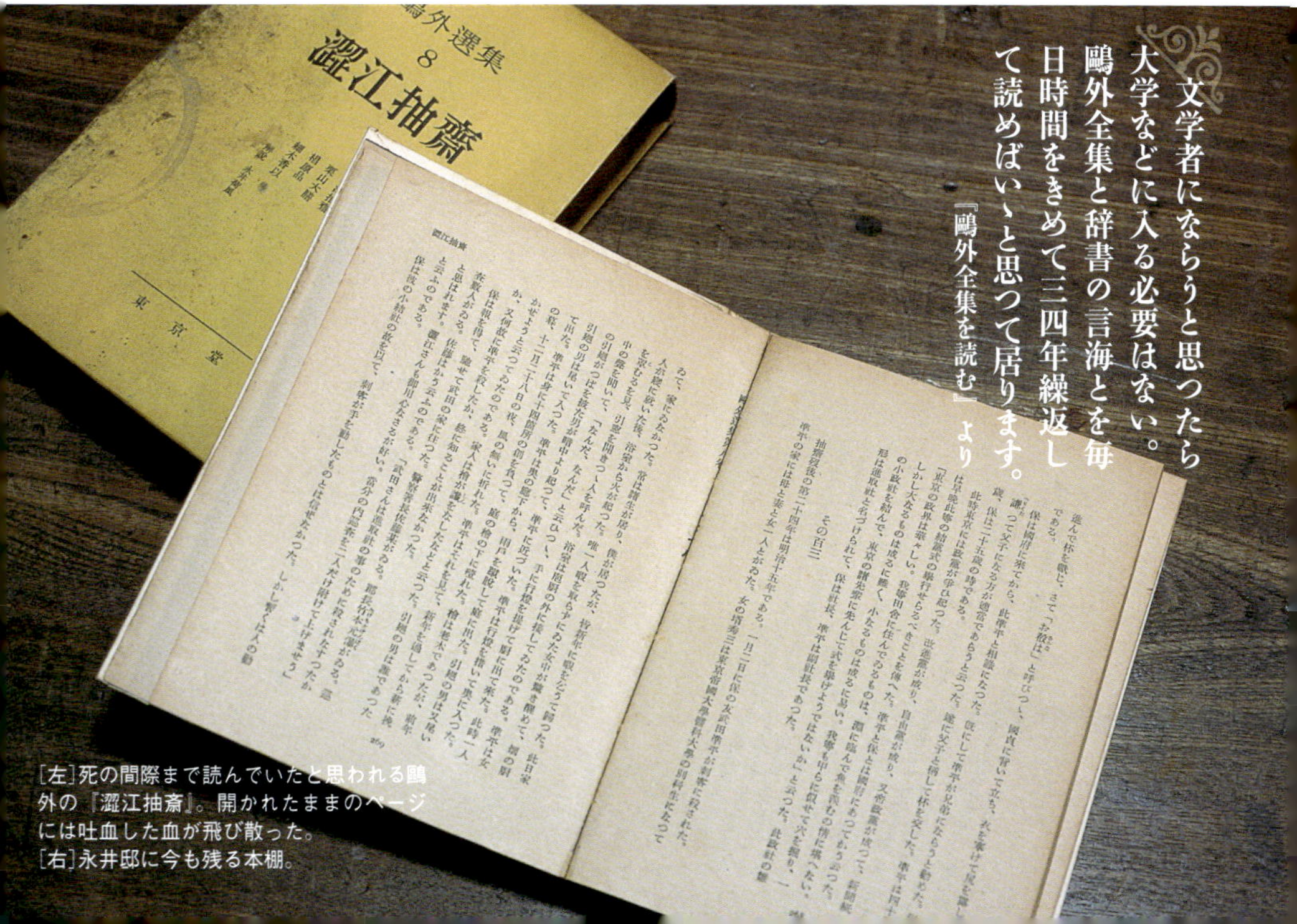

文学者にならうと思つたら
大学などに入る必要はない。
鷗外全集と辞書の言海とを毎
日時間をきめて三四年繰返し
て読めばいいと思つて居ります。
『鷗外全集を読む』より

［左］死の間際まで読んでいたと思われる鷗外の『澀江抽斎』。開かれたままのページには吐血した血が飛び散った。
［右］永井邸に今も残る本棚。

豪たるべしとて笑ひ興じたり。

荷風の亡骸の傍らには、鷗外作品の中でも最も熟読した『澀江抽斎』のページが開かれたままになっていたという。

八幡の家の本棚は、ベニヤ板で作られた簡素なものだった。雨漏りなどしたら大変だと、荷風の死後、永光さんが補強した。荷風の愛蔵書は今も生前のままに並べられている。

昭和二十年八月初六、陰、S氏広嶋より帰り其地の古本屋にて購ひたる仏蘭西本を示す、その中にゾラのベートイユメーン、ユイスマンの著寺院などあり、借りて読む、

若い頃、ゾラに心酔。ゾラ原作の映画が公開されると必ず観に行った。『テレーズラカン』（昭和29年4月21日）、『居酒屋』（昭和31年9月10日）を鑑賞した記述が日記に残る。

昭和元年十二月三十一日附録「自伝」より

――ついで金港堂より小説地獄の花を出しぬ。時に年二十四なり。翌年明治三十六年壬寅○月新声社より女優ナ、及夢の女を刊行せり。

〈以下略〉

「日乗」の断片 2

小堀杏奴からの手紙

昭和二十一年一月廿八日、晴、風、小堀杏奴来書、

市川で五叟宅に落ち着いてすぐ、一通の手紙が荷風の元に届いた。差出人の小堀杏奴は、森鷗外の次女。父を師と仰ぎ、千駄木の自宅にも訪ねてきた作家・永井荷風を、森家の子供たちは当然知っていた。

大正十年十月二日。午後富士見町与謝野氏の家にて雑誌明星編輯相談会あり。森先生も出席せらる。先生余を見て笑つて言ふ。我家の娘供近頃君の小説を読み江戸趣味に感染せりと。余恐縮して荅ふる所を知らず。〈以下略〉

鷗外の死（大正十一年）後、姓が変わった杏奴と、荷風の行き来は昭和十七年暮れからはじまる。杏奴は夫の画家・小堀四郎と共に偏奇館にもたびたび訪れた。世田谷の小堀宅では庭に野菜を作っており、戦中のこと、野菜不足で便秘に悩まされていた荷風は、杏奴が届ける新鮮な野菜を大変喜んだ。ほうれん草をもらった時には、「仙薬を得たるが如き思あり」と欣喜した。

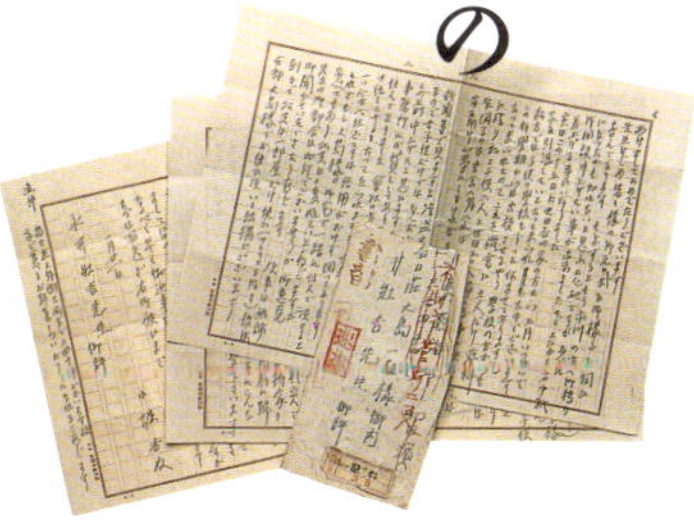

昭和二十年、偏奇館焼失。東京の下町一帯は焼け野原となり、十万人の命が奪われた。郊外・世田谷の杏奴らも身の危険を感じて信州の蓼科に疎開することを決め、独居の荷風を熱心に誘った。しかし荷風は他所の土地に行く不安と、東京を離れがたい思いが拭えない。迷った末、老体を理由に蓼科行きを辞退した。

終戦後、疎開した人々が東京へ戻り始めた頃、杏奴も子供の進学のために、世田谷の家に戻ろうと考える。そして、市川の荷風に再び同居を打診する手紙を送ったのだった。

……夫はそのまま蓼科に残る。もしよかったら部屋数も余っているので、大島（五叟）家の方々と一緒に住んではどうか。台所と湯殿は共同で、便所は二つ。家賃は申し訳ないがひと月百円でお願いします――。

手紙を受け取ったその日のうちに、荷風は返事を書いた。

市川は案外閑静にて暮しよき処のようです。世田谷の家のことは非常に感謝しています。大島家とも相談をしましたが、家を拝借するのはむずかしい気がします。自分は不規則な生活を送っているが、他人の行為が騒がしくて読書に集中することもできず（ここだけの秘密ですが）、将来は別に住みたいとは考えてはいるが、自分には恒産もなく株券は無価値となり、今後の生活が不安です……。

と、ありのままの様子を語った。さらに約一月後、新旧紙幣の入れ替えや預金の引き出し制限を理由に、荷風は二月二十三日付けの手紙で再度、やんわりと断わりを入れている。

「……私の生活は窮境の極度に陥ること、存居候兎に角新紙幣発行の後ならでは唯今のところ何事も御返事致し兼候貴家の御生活なども如何の御様子かと蔭ながら心配致候唯今の家も勉強には甚不便につき三月以後事情を考へ何とか致度其節重ねて手紙にて御知らせ致べく候取不敢御返事まで　荷風生」

同居は実現しなかったが、杏奴は時おり荷風宅を訪ね、以前と変わらぬ交際が続いた。

死について「森先生ともあへるし、上田敏先生もゐるよ。ぼくはさう思ふから、死ぬと云ふことは決して悲しいことでも、さみしいことでもないんだ」と語った（小堀杏奴「荷風先生の死」より）。

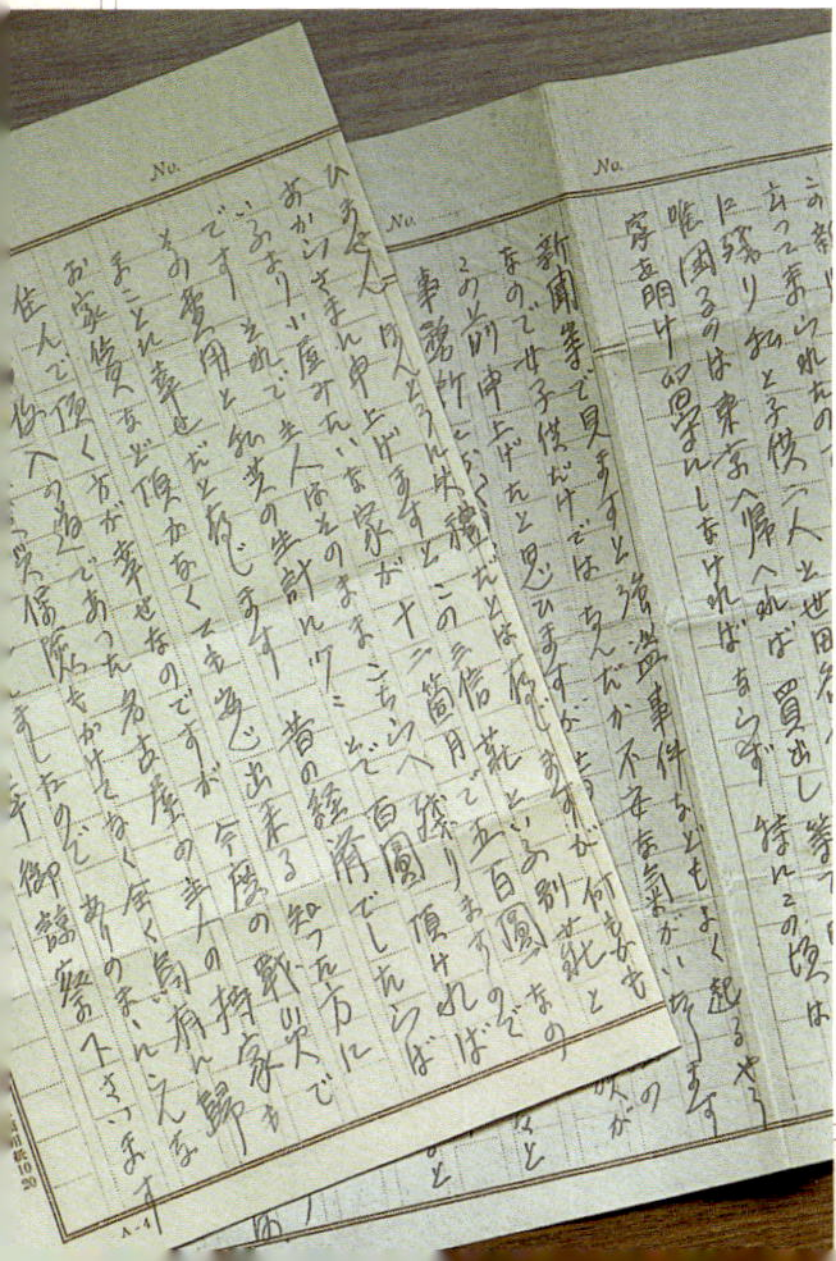

第一章

食の歓び、自炊の愉しみ

畳に七輪や食器を並べ、背広姿で煮炊きする写真。永井荷風を語るには欠かせない一枚だ。文化勲章を受章した作家の驚くべき暮らしぶりである。しかし、そのうつむき加減の微笑みは、独居の自由を満喫し、最後まで自分流を貫いた芸術家の余裕すら感じさせる。

買出しには籠を提げて出かけた。白米や鶏卵、新鮮な野菜などの食料品以外に、ご飯を炊く燃料にと散策途中で拾った松ぼっくりなども入れた。

荷風の食べもの遍歴

蒲柳の質といわれる荷風は過敏すぎるくらいに体を、特に胃腸を気づかっていた。生水は決して飲まない。甘いもの好きといえども、アイスクリームのような、お腹を冷やすものは口にしなかった。また、初めて入る飲食店では、清潔であるかを一番に気にした。入店しても、メニューを慎重に選んで注文し、おそるおそる食べる。しかし荷風によると、自分が好きなものを食べている分には、お腹はこわさないのだそうだ。

食べ物に対して極度の警戒心を抱くのは、育った環境にもよる。永井家では伝染病の恐ればかりではなく、「下賤な食物」（『西瓜』）であるとして西瓜や真桑瓜を食べることを堅く禁じた。ほかにも鯖、秋刀魚、鰯などの青魚、心太《ところてん》も子供には食べさせなかった。明治十二～十三年頃、コレラが流行って多くの人が死んだ話を聞かされていたから、恐怖心を抱いていた幼い荷風は素直に従った。

晩年、毎日通った浅草では、決まった店で決まったもの以外は口にしなかった。若い頃からも荷風は、食べた後で腹が痛くなると、その食べ物はそれ以降、敬遠して口にしなかった。

独身者であった荷風にとって、一日一度の外食は日課のようなもので、『断腸亭日乗』には終焉を迎える前日まで、通った店の名が綴られている。

三十代後半から四十代（大正六年～昭和三年）によく通った店を日記から拾うと、銀座風月堂、上野精養軒、築地精養軒、山形ホテル、田原屋、カフェプランタン、帝国ホテル、カフェ太訶《タイガ》。

そして五十代（昭和四～十三年）は、洋食屋藻波、銀座食堂、銀座オリンピック、汁粉屋若松、銀座ラインゴルド、きゅぺる、汁粉屋梅林、銀座松喜、金兵衛、浅草今半、ハトヤ喫茶店、浅草森永、銀座不二あいす、銀座コロンバン。

四十代、五十代の荷風は、店に芸妓と同行したり、一人で女給目当て（取材を兼ねた）にカフェに通うことが多かった。グルメ的嗜好で食事を楽しむというより、むしろ毎日のことだから手頃な値段で、そこそこ楽しめればいいという様子である。ひとつの店が気に入ると連日その店ばかりに通う癖は、この頃から始まった。

六十歳を越した昭和十五、六年頃から、戦争の影響で食料不足となり、営業する飲食店も少なくなっていった。そこで店名に代わって日記に記されるのは、米、葡萄酒、葛粉といった具体的な買い物の食材名となる。

　戦中戦後にかけて、大好きな砂糖は手に入りにくい貴重品のひとつで、昭和十五年頃から早くも品切れ状態となっていた。

五月廿一日。〈中略〉頃日砂糖品切。角砂糖は贅沢品なりとて製造禁止になりし由。
六月初四。〈中略〉〔欄外朱書〕砂糖マツチ切符制トナル

と、当時の様子を記録している。

　昭和十八年以降は悪化する戦況にともない、食事は連日、家での自炊を余儀なくされた。しかし荷風は単身の海外生活で、自炊を経験している。また昭和十二年の春に女中が辞めてしまうが、新しく見つけるのも面倒で人を雇わず、日常的に自分で簡単な食事を作るようになっていた。女中が辞めた一月半後には「おのづから口にあひたる物をつくり得るなり。銀座の安料理食ふよりは躬らつくりしものは中毒のおそれもなく、咖啡の一碗もその薫おのづから長閑なり」という感想が述べられているから、楽しんでもいたのだ。

　むしろ困ったことは、根本的な食料不足と、配給される食材の質の悪さだった。国産米に混ぜて配給される南京米を荷風は「色は白けれど粒小さく細長きこと鼠の糞の如し」と形容して〝悪米〟と呼んだ。しなびた野菜、硬い牛肉や、腐って溶けたようになった助惣ダラ、異臭を放つ干物などにも閉口する。

　だから趣味の散策も、この時代は、食料品の調達がひとつの大きな目的にもなった。思わず「市中の散歩も古書骨董を探るが為ならず餓饑道の彷徨憐れむべし」とつぶやく。

　食料調達を頭の片隅において、場所を定めず気ままに歩くと、「場末の小店には折々売残りのよき鑵詰あり」。元来の散策好きは、思わぬところで役に立った。浅草周辺を歩くときには、あらかじめ空の重箱を風呂敷に包んで携えた。手に入れた漬物や惣菜を入れるためである。

　食糧事情はますます悪化するが、そこは荷風。昭和十九年十二月二十六日の日記には「日ゝの食事の甚しく粗悪なるも是亦老後の健康には美食よりも却てよきやうに思はるる程なれば」という言葉を残した。

　やがて終戦後に移り住んだ市川では、近隣一帯が農家であったので、「蚕豆、莢豌豆、独活、慈姑の如きもの散策の際之を路傍の露店又は農家について購ふことを得、東京の人に比すれば遥に幸福なりと言はざるべからず」と素直な心の内を記し、新鮮な野菜が労せずに手に入る喜びを噛みしめた。

　世情が安定してくると七十歳になった荷風の足は、もっぱら浅草へと向かうようになる。劇場めぐりをし、喫茶店福島、天竹、飯田屋、つるや、ボンソワル、フジキチン、梅園、アリゾナ、尾張屋などに通った。

　そして七十九歳の死の前日、最後の食事となったのは、自宅そばの大黒家のカツ丼だった。

好物・鰻の蒲焼き、そしてお歌

昭和二十二年
六月初六。〈中略〉市川にても遠からず喫茶其他飲食店なくなるべしとの噂あれば午後海神への行がけ駅前のマーケットにて鰻蒲焼を食す。一串金弐拾円なり。
六月念八。〈中略〉市川駅前のマーケットに鰻飯九十円を食して海神に行く。
〈以下略〉

市川時代、昭和二十二年から二十三年にかけて〝鰻蒲焼〟の文字が頻繁に出てくる。散策の途中で鰻を買って帰ることもあった。「海神」とは相磯勝弥氏の別宅で、ラジオの音に悩んでいた荷風に、執筆の場として提供されていた。

戦前の荷風は麻布鰻屋大和田、日本橋鰻屋小松、尾張町竹葉亭に出かけている。鰻に限らず、蒲焼きを好み、穴子の蒲焼きは「頗美味なると覚ゆ」、鱧の蒲焼きは「味佳なり」だという。荷風のお通夜では、好物の鰻重も供えたそうである。

食べることにはなかなか執着のあった荷風を惹き付けた女性もいる。

数多くの女性が登場する『断腸亭日乗』で、ひときわ目立つ存在が〝お歌〟。本名は関根歌。最初は〝小星〟の名で登場し、〝阿歌〟とも記される。お歌として記述されるのは昭和二年、四十八歳の荷風が芸妓だったお歌を身受けした頃からだ。当時、お歌は二十歳になったばかり。荷風が彼女のどこを気に入ったのか。相磯勝弥氏との対談で、こんな話をしている（『荷風思出草』）。

永井　あれ（お歌）**は食べものをこさえるのがじょうずだから……。**（笑）**女が男にいちばんあきられないのは、食べものだ。あつらえてくるといつても、好きなものをあつらえて、朝、バターやなんか自分のところへ買つてあつて、こつちがいわない先に、そういうことに非常に気がつくから……。だから……。**

相磯　それで、これなら、自分の世話をずつとさせてもいいと……いうわけでしたか。

永井　ほかの女は、食べものなんか関係しないが、あの女は、いわゆる世帯持ちがいいわけだよ。

気ままな独身生活を謳歌していた荷風が、料理上手や「世帯持ちがいい」点をお歌の魅力に挙げていることは意外な感じもする。しかし、荷風がここまで褒めるわけは、日記をたどれば合点がいく。お歌は松茸飯や牛肉の佃煮、雑煮の他、さまざまな手料理を荷風にご馳走している。のみならず、訪ねてくる時は何かしらの差し入れを携えていた。鰻の蒲焼きはもちろん、虎屋の羊羹、玉木屋の味噌佃煮、風月堂のサンドイッチ、駒形おいも屋の牡丹餅、葡萄酒、バター、いずれも荷風の好物ばかり。

また荷風が風邪で寝込んでいれば、お

歌は手料理を持って看病に通った。献身的に尽してくれる姿に感動し、「こゝに偶然かくの如き可憐なる女に行会ひしは誠に老後の幸福といふべし」と記す。

昭和三年、荷風はお歌に麹町三番町で幾代という待合を持たせ、帳場を手伝って請求書を書くこともあった。店が忙しい時は荷風に夕食を作れず、お歌は近所の仕出屋から料理を取り寄せる。ある時は鰻の蒲焼きを注文してくれた。荷風が喜んで好物に箸をつけると、蒲焼きから石灰殻の臭気がする。「胸わろくなりて食ふべからず」。天然ものではなく、深川養魚池などで捕った鰻ではないかと、興ざめたように原因を探った。

正月には雑煮と一緒に屠蘇も用意してくれたお歌とは、昭和六年の師走、双方同意で決別。後の昭和九年の元旦には「余三番町のお歌と別れてより正月になりても屠蘇を飲むべき家なし」と寂しげに記している。

茶筒に残る葛粉

葛粉は砂糖と並んで、荷風にとってなくてはならない食品だった。というのは、若い頃から胃腸が弱く、腹痛に悩まされた。そんな時は「時〻腹痛あり。湯婆子をふところにして書を読む」（昭和九年十月一日）。

そして養生食としたのは、粥よりもむしろ葛湯だった。戦況が悪化する中、自分には欠かせない葛粉の品切れを懸念して、買いだめをしておこうと日本橋の乾物問屋まで足を運んだ。だが、すでにひと月前に売り切れとなっていた、と昭和十五年五月二十三日の日記にある。

また昭和十七年十一月十六日には、土州橋病院でビタミンの注射を打った帰りに、「東橋」際の乾物問屋で葛粉を見つける。喜んで買い求めるのだが、今度はそのあまりの値段の高さに驚く。百匁一円八十銭。けれども、背に腹はかえられぬと購入した。「物価の騰貴測り知るべからず」とこぼしている。荷風は葛粉を、しけないように茶筒に大切にしまっていた。

昭和十六年四月十一日。〈中略〉
葛湯は腹の痛む時粥よりも余の
口に適するなり。〈以下略〉

愛用の茶筒の中には、使いきれなかった葛粉がそのまま残っている。

甘き物の悦楽

砂糖の大半を、荷風はコーヒーに使っていた。食後はもちろん、執筆に疲れた時、夜半の読書に倦んだ時などコーヒーを淹れた。偏奇館に住んでいた頃は、角砂糖を三つほど落としてコニャックまたはキュラソを注いだ。好んだ銘柄はトルココーヒー。酸いような渋い味わいが、タバコによく合うという理由だった。

昭和二十年二月廿五日　日曜日。〈中略〉**飯たかむとする時鄰人雪を踏むで来り午後一時半米国飛行機何台とやら襲来する筈なれば用心せよと告げて去れり。心何となく落ちつかねば食後秘蔵せし珈琲をわかし砂糖惜し気なく入れ、パイプにこれも秘蔵の西洋莨をつめ徐に烟を喫す。若しもの場合にも此世に思残すこと無からしめむとてなり。**〈以下略〉

晩年は手軽に飲めることがなによりで、粉末のインスタントコーヒーとなった。

「粉になってるのは、お湯さえ入れればとけちゃう。あれがいちばんいいですよ。残るのがないから」（『荷風思出草』）。しかし昭和二十～三十年代の頃、インスタントコーヒーはまだ舶来の高級品だった。

ひとつ屋根の下で暮らした永光さんによれば「荷風がコーヒーを飲み終えた湯のみの底には、溶け切らなかった砂糖がごっそりと残っていました」。

昭和十七年二月初二。〈中略〉**昏黒銀座にて物買ひ金兵衛に至りて夕餉を食す。帰途月おぼろなり。金兵衛にて歌川氏より羊羹を貰ふ。甘き物くれる人ほどありか《ママ》だきはなし。過る日には熱海大洋旅館の主人よりコ、アと砂糖を貰ひぬ。このよろこびも長く忘れまじ。**

戦時中は「甘き物」をもらうと素直に喜んだ。「ありがたきはなし」「このよろこびも長く忘れまじ」……。「金兵衛」はその頃よく食べに通った店で、ここの女将にも砂糖がなくて困るとこぼし、店の蓄え分の砂糖から少し分けてもらった。この好意にも「謝するに言葉なし」と大変喜んでいる。

砂糖つけて食麺麹かじる夜長哉

直径17cmほどの砂糖壺。毎日大量に消費するからこんなに大きな容器だった。

岡山の枇杷の味

麻布・偏奇館には、一株の枇杷の木があった。

大正九年、偏奇館に住み始め、台所の窓の下に小さな三本の芽を発見した。なんの芽なのかはわからなかったけれども、「わけもなく可憐な心地がした」。とりあえず日当たりのよさそうなところに移植して、その後を見守った。

一本は枯れてしまった。残りの一本は梅、もう一本が枇杷だと二、三年後にわかった。以前この土地に住んでいた人が、青梅や枇杷の実を食べ、その種を窓から捨てたものかもしれないと、荷風は推測する。

梅の木は関東大震災があった大正十二年の秋に折れて枯れてしまった。一方、枇杷はスクスクと伸びて、ふと気づくと黄色く熟した実をつけていた。しかし翌日には、蟬取りに歩く近所の子供らが、一粒残さず取っていってしまった。

偏奇館周辺の果実については、無花果の実をもいで食べて「甘みもなく酸味もなし」、また隣の家の落ちた柿は「渋なくして甘し」と、なにかしらの感想が添えられている。しかし庭の枇杷の実を食べた箇所は見当たらない。

『枇杷の花』と題された随筆が残されている。荷風は枇杷の実よりも、むしろ花の姿に興味をそそられたようだ。随筆の中では、枇杷の花を賞賛するのではなく、麦の粒でも寄せたような色と大きさで、八ツ手の花よりも更に見栄えのしない花だという。目立たない小さな花をじっと見つめる荷風。木枯らしが吹くような時期にわざわざ花をつける様も哀れで、心を打つ。

実際に枇杷の実を食べた箇所は、偏奇館焼失後、岡山での日記に現れる。作曲家の菅原明朗（注）夫妻と岡山に疎開したのは昭和二十年六月。荷風は六十六歳。老齢の身は、肉体的にも精神的にも憔悴しきっていた。当初ホテルに宿泊するが、食事があまりにも気に入らず、松月という旅館に宿替えをする。

この宿の軒裏には燕の巣があった。親鳥が雛に絶え間なく餌を運んでくる様子を見て、荷風は突如、わが身を省みる。この雛はやがて親鳥とともに故郷へ帰るのだろう。それに引き換え、果たして自分は東京に戻れるのだろうか。明日をも知れぬ流寓の身の上に、思わず涙を禁じえなかった。不安と淋しさを、近くを散策したり、東京から携えてきたトルストイの長篇小説『アンナカレニン』（『アンナ・カレーニナ』）などを読んで紛らわせていた。そんなある日、宿の女将さんが、昼食後に枇杷をご馳走してくれた。

「熟して甘し」――これが、荷風の感想だった。

しかし枇杷を食べた二日後、岡山にも

B29が来襲。宿屋の女将が、昨日までいた燕の子が帰ってこないのを見て、「今明日必異変あるべし」と言った。渡りにはまだ早いのに、燕が姿を消したのは異変の前触れだと言うのだ。空襲は、まさにその日の深夜だった。

菅原夫妻はこの日明石に出かけて不在だった。夜中突然の爆音で目を覚ました荷風は、わずかな身の回りのものを持って、無我夢中で逃げまどった。

車中ほおばる白米のおにぎり

昭和二十年三月十日未明の東京大空襲以来、荷風は都内を転々とした末、明石、岡山、熱海と場所を変えながら、終戦まで避難生活を送った。

同年六月、空襲があるとの噂が広まった明石を逃れ、岡山へ移った。岡山駅に到着した時、先に岡山にいた谷崎潤一郎が駅留めで、三つの小包を荷風宛に送ってきていた。中身は鋏、小刀、印肉、硯、半紙千余枚、浴衣一枚、角帯一本。戦時下のこと、すべて新品を調達できるはずもなく使いかけの品もあった。しかし当座の役に立てばという谷崎の気配りに、荷風は「感涙禁じがたし」と書き留めている。

実は谷崎が疎開しているからと岡山を選んだ荷風だったが、再会を前に、六月二十八日、岡山空襲に遭ってしまったのだ。

余は旭川の堤を走り鉄橋に近き河原の砂上に伏して九死に一生を得たり。

東京で二度、そしてこの岡山で三度目。度重なる罹災で荷風は一時、極限状態に陥った。『荷風全集』（昭和三十九年刊）収録の『月報』には、菅原夫人・永井智子が東京に残っていた荷風の親族・杵屋五叟にあてた当時の手紙が紹介されている。

「永井先生は最近はすつかり恐怖病におか〻りになり　あのまめだつた方が横のものを建《（ママ）》にもなさることもなく　まるで子供の様に　わからなくなつてしまひ私達の一人が昼間一寸用事で出かけることがあつても『困るから出ないでくれ』と云はれるし　食べた食事も忘れて『朝食べたか知ら』なぞと云はれる始末です」

空襲後の荷風の日記を読むかぎり、永井智子が書いたような様子は感じられないものの、恐怖を凝縮した一言が「九死に一生を得たり」だったのだ。

八月十三日、荷風は谷崎が滞在する勝山町へ向かった。昼過ぎに到着し、谷崎の逗留する家で三番目の妻・松子夫人を

注●菅原明朗（すがわら　めいろう）作曲家
明治三十年（一八九七）～昭和六十三年（一九八八）
昭和十三年浅草オペラ館で荷風原作の『葛飾情話』に曲をつけ、上演以来、親交を深めていった。夫人は、オペラ歌手の永井智子（ながい　ともこ）。

紹介された。『細雪』の「幸子」をはじめ、いくつかの谷崎作品の女性モデルといわれる松子夫人に対面し、荷風は「年の頃三十四五歟、痩立の美人なり」と印象を記す。

　一方、谷崎の『疎開日記』には、来訪時の荷風の様子が書かれている。

「カバンと風呂敷包とを振分にして担ぎ外に予が先日送りたる籠を提げ、醤油色の手拭を持ち背広にカラなしのワイシャツを着、赤皮の半靴を穿きたり。焼け出されてこれが全財産なりとの事なり。然れども思つた程窶《やつ》れても居られず、中々元気なり」

　谷崎はできる限りの饗応をした。二泊三日の滞在中に、荷風が食したものは次のとおり。

八月十三日の昼食　佃煮むすび
夕食　白米、豆腐汁、町の川で取ったという小魚三尾、胡瓜もみ
十四日の昼食　小豆餅米にて作った東京風の赤飯（谷崎の『疎開日記』によれば、豆腐の吸い物も出している）
夕食　すき焼き、日本酒
十五日の朝食　鶏卵、玉葱の味噌汁、はや小魚つけ焼き、茄子の香の物
昼食　白米のむすび、昆布佃煮及び牛肉

　さすが食に関してうるさい谷崎のこと、戦時中でも贅を凝らした。荷風の日記には「目下容易には口にしがたき珍味なり」「今の世にては八百膳の料理を食するが如き心地なり」「欣喜措く能はず」と最大級の讃辞が書き残されている。

　このまま勝山に疎開してはどうか、と谷崎は誘った。しかし荷風は丁重に辞して、二泊しただけで三日目の昼前、早々に勝山町を発つ。

出発の際谷崎君夫人の贈られし弁当を食す、白米のむすびに昆布佃煮及牛肉を添へたり、欣喜措く能はず、食後うとうとと居眠する中山間の小駅幾個所を過ぎ、早くも西総社また倉敷の停車場をも後にしたり、農家の庭に夾竹桃の花さき稲田の間に蓮花の開くを見る、〈以下略〉

　奇しくもこの日、日本は敗れ、終戦を迎えた。

昭和二十年八月十五日、陰りて風涼し、宿屋の朝飯、雞卵、玉葱味噌汁、はや小魚つけ焼、茄子香の物なり、これも今の世にては八百膳の料理を食するが如き心地なり、飯後谷崎君の寓舎に至る、鉄道乗車券は谷崎君の手にて既に訳もなく購ひ置かれたるを見る、雑談する中汽車の時刻迫り来る、再会を約し、送られて共に裏道を歩み停車場に至り、午前十一時二十分発の車に乗る、〈以下略〉

コロ柿の災い

『断腸亭日乗』を読むと、普段から、さまざまな人より品物を贈られている。著名作家であれば付け届けは多いはずだから、品数も量も多かったことは想像に難くない。戦中戦後、物資が乏しくなる中、荷風は頂き物を大いに頼った。昭和十七年頃から二十二年頃までの間、届いた物品名の羅列が続くことからもその様子がうかがえる。

手土産で特に喜んだのは米国製の缶詰だった。

昭和二十年十二月初八、陰天、風寒からず、午飯の後新生社主人より贈られし米国製鑵詰をひらく、無花果を煮つめて羊かんのやうになしたるものと珈琲となり、珈琲は粉末甚こまかく熱湯にて溶けばすぐに飲めるなり、（以下略）

他にもオートミールなどもあり、「品質いづれも善良なり」と手放しでほめ、こんなものを食べている米国に日本が負けるのも推測できると記す。ところが数ヵ月後、進駐軍から米国製煙草や缶詰を許可なく譲り受けたり、所持しているのが見つかると、軍事裁判にかけられる、という新聞記事を読んで荷風は慌てふためく。連日缶詰を食べて、自宅には空き缶が貯まっていた。

地方からは名産の品が届いた。多くが読者からの贈り物である。昭和二十二年一月、山形県から名産のコロ柿（干し柿）が送られてきた。

好物だったので荷風は感激し、すぐさま礼状を書いた。ところが大好きなコロ柿が思わぬ災いを招く。このコロ柿を食べている最中に、前歯が折れてしまった。前歯を失くすのはこれで二度目だ。

老朽の容貌益ゝ醜悪となり鏡を見ることを欲せざるに至れるなり（昭和二十年十月三十日）

老朽いよ〳〵哀むべし（昭和二十二年一月二十九日）

見た目を気にした荷風は、その後入れ歯を作ったが、実際にはあまり使わなかったらしい。

鼈甲の煙草ケース。荷風はこれに入れ歯を入れていた。文化勲章受章のお祝いに知人から贈られたもので中には〝永井荷風先生〟と名が刻んである。

井戸端での自炊生活

昭和二十二年当時、間借りしていた小西家には水道がなく、炊事は井戸端での作業だった。冬の食事作りは「困苦甚し」だったが、陽気も春めいて暖かくなってくると「井戸端の炊事も樹下の食事も楽しくなれり」と一変。

『三田文学』の対談で小西氏が語るところによれば、荷風は朝、大抵十時頃に起き、それから食事作りをはじめたという。一時間ほどの時間を要して料理ができあがるとすでに昼近く。朝昼兼用の食事をとって一、二時間した後に外出する、という日常だった。

ちなみに戦後、荷風の浅草通いが再開されたのは、小西宅で間借りしていた頃だった。

荷風は調理後、井戸端に包丁を置きっぱなしにすることが度々で、小西氏は「無用心ですから」と注意するべきか迷った。しかし気難しい荷風の性格を考えて、黙って片付けた。配給のじゃがいもを自室の縁の下に置いた荷風が、数が減っていると騒いだこともある。小西氏の妻は「こおろぎが食うのでしょう」といってとりなした。尊敬していた作家の実像に、日を追うごとに小西氏は戸惑った。

もっとも、終始険悪だったわけでもなかった。小西氏は『新潮』昭和二十七年十二月号に『同居人荷風』という一文を寄せている。氏は荷風と住んだ約二年間を「荷風先生言行録」として記録していた。『断腸亭日乗』を思わせるような日記風の記録には「昭和二十二年九月一日。

昭和二十二年
一月初八。雪もよひの空くもりて寒し。小西氏の家水道なく炊爨盥《すいさんかん》漱《そう》共に吹きさらしの井戸端にて之をなす困苦言ふべからず。〈以下略〉
一月廿一日。晴。北風寒し。井戸端の炊事困苦甚し。
二月廿五日。晴。今日も暖なり。井戸端の炊事も樹下の食事も楽しくなれり。〈以下略〉

小西宅で自炊に励む荷風。菜切り包丁を手に、手馴れた様子で野菜の皮を剝く。

朝、近くのラジオで少年の謡曲聞え、少年の声清くて甚だよろし。余これを褒めしにラジオ嫌ひの先生も賛同せられ、歌舞伎子役のあの声のいやらしさがなくてよしと申さる」「九月廿日。〈中略〉先生珍らしく朝早く起き、ビール瓶のなかに米を入れて搗きをれり。先生ピアノを昔稽古したるよし。ジャズは力強くてよろしといひ、わが国の歌では『勝つて来るぞと勇ましく』が亡国調でありて、軍歌のなかでは一番によしと申さる」などという箇所もある。

杵屋五叟宅では部屋代を払っていなかったが、小西家では最初からひと月百円を家賃とした。しばらくして物価の上昇などの世情に合わせ、五十円上乗せすると荷風自らが申し出た。恐縮して辞退する小西氏に、無理にお金を受け取らせた。戦時中に書き溜めていた作品『罹災日録』『来訪者』などの相次ぐ出版で想像以上に印税が入り、幾分生活が楽にもなっていた頃だ。

その後井戸端を離れて、荷風が部屋においた七輪を使うようになった。これにはさすがの小西氏も困った。思わず苦言を呈すると、荷風はひと言、「火災保険に入っているんだろう」。

当初、小西氏は周りに「先生のように静かで、おとなしい同居人はめったにいないでしょう」と語っていたが、実は正反対だった。約二年間の同居生活は、突然の小西氏からの立ち退き要請で終止符を打つ。氏は、「もっと凄い話」を、荷風が亡くなってから公表するつもりでいたらしいが、その荷風より四年早く他界。「凄い話」はとうとう公にはされなかった。

冷え込んだ冬の朝には井戸のポンプが凍ってしまうほどだったが、「井戸端の柿熟して漸く赤し」（昭和22年10月4日）と長閑に眺める日もあった。
写真：若松不二夫（前頁も）

合理的「にんじんごはん」

「釜めしの元祖だ」と笑いながら六十代の荷風が自慢したのが、このにんじん入りの炊きこみご飯。薪や炭を使い、火の加減をしながら炊いた。昭和二十年代の当時、ガスがなかったわけではない。しかし、ガスを引く工事費三千円を払うくらいならいらない、と断わった。普段の煮炊きは、大抵、炭をおこして七輪を使った。晩年は台所に立つのが面倒で畳の上に置くのが常だった。

食料不足の折、栄養が偏らず、おいしく食べられるようにと考案された「にんじんごはん」。

使い込んだ飯盒の底は、煤で真っ黒。日頃、荷風は書物を手にしながらご飯が炊き上がるのを傍で待った。

昭和十八年十月十二日。晴。〈中略〉数日前より毎日台所にて正午南京米の煮ゆる間仏蘭西訳の聖書を読むことにしたり。米の煮ゑ始めてより能くむせるまでに四五頁をよみ得るなり。〈以下略〉

読書に夢中になって、気づいたら焦げていた、なんてこともあったのかもしれない。

にんじんごはんは研いだお米に、細かく刻んだにんじんや大根、青菜など季節の野菜を加えて炊いた。野菜不足解消にもなり、なにより「御飯の中に野菜をたきこめば、おかずを別に作らずにすむもの」（『荷風思出草』）。これぞひとり暮らしの知恵。にんじんを欠かさず入れたのは、季節に関係なく手に入り、栄養価が高く、おまけに安かったからだ。もっとも昭和二十二年四月に二十円で十本も買えたのに、翌年の一月には野菜統制のた

焦げつきは飯盒と一体化し、見事な風格さえ漂っている。

めに値段が暴騰し、三、四本で二十円になってしまったと、日記で嘆いている。

　七輪を前に立膝で、渋うちわ片手に扇いでいる様子には、一抹の哀愁が感じられなくもないが、荷風にとってはこれこそ日常だった。炊き上がったご飯で朝昼兼用の食事をとり、夜はほとんど外食。ごくたまに終日家にいた時は、昼の残りを食べた。お茶漬け好きであったから、晩には冷飯に佃煮などをのせ、お湯をかけてかき込んだ。

　遡って、大正八年（四十歳）の正月元旦の日記――。

九時頃目覚めて床の内にて一碗のショコラを啜り、一片のクロワサン（三日月形のパン）**を食し、昨夜読残の疑雨集をよむ。**

　明治四十一年に洋行から帰って以来、「毎朝焼麵麭と珈琲」の朝食だった。大久保の家を売った時（大正七年）、一時過ごした旅館にコーヒーがなく、銀座・三浦屋からフランス製の「ショコラムニエー」を取り寄せたところ、その味は「仏蘭西に在りし時のことを思出さしめたり」。以来、ショコラとクロワッサンの朝食は、荷風のお気に入りとなった。

　当時は外出のついでに、次の日の食パンや黒パンなどを買っている。クロワッサンは尾張町の米国人の店「ヴィエナカッフェー」、食パンは「精養軒」の食糧品売り場、黒パンはドイツ人のパン屋で、と買う場所は決まっていた。

　アメリカ・ニューヨークでの銀行員時代に好んで食べたのは、イタリヤ料理とスペイン料理。フランスでは本場の西洋料理を堪能している。

　異国の食文化にふれた経験を活かし、三十七歳で、石南居士のペンネームで『西洋料理』（のち『洋食論』と改題）という記事を書いた。洋食のみならず牛肉屋、西洋菓子店、下町の料理屋の情報を書き連ねるが、ほとんどは辛口の批評だ。そして日本の洋食流行の風潮を、西洋料理を味わう客が本当の西洋料理を知らない……洋服の着方を知らないものが洋服を好み、杖の持ち方を知らずに杖を持ちたがるのと同じで、味を知らない客が料理をむさぼり食っている、と辛辣に論ずる。

　また、店のよしあしはコンソメとパンでわかると述べる。お気に入りは風月堂で、特に「此処のポタージューは、羽二重でこしてあるんだよ。だから口当たりが違うでしょう」と語った（『三田文学　永井荷風追悼』巌谷槇一「荷風先生」）。

　若き日のクロワッサンとショコラの朝食は、八幡で暮らした晩年にも名残りを留める。手軽な朝食には、近所で買った「チソぱん」や「みそぱん」といった駄菓子系の硬めのパン、それにインスタントコーヒーがお決まりだった。たまに煮炊きするなら手間隙かけず、自由に作る。にんじんごはんは、合理的な荷風ならではの一品だった。

好物あれこれ

平成十六年、市川市の文化人展で「永井荷風展」が行われた。それに先駆けて市川市文化部は、生前の荷風の地元情報を募った。掲示板で紹介されたその情報も参考に、荷風の好物を探ってみた。

手軽に食べられた焼豚

荷風は焼豚好きであったらしい。

晩年、荷風の家に通いで来ていたお手伝いが、たびたび焼豚を目にして、「好物なのだろう」と思ったそうだ。その当時、近所には焼豚を売る店はなかったので、どこから買い求めていたのかは不明。『断腸亭日乗』はもちろん、荷風について書かれた本などを探してみても、焼豚の文字は全く見当たらない。

戦中の食料不足の最中、偏奇館を来訪する相磯勝弥は、食料を手土産にした。昭和十九年の元旦に「この両三年食物の事にて忘れがたき人々の名を左にしるす」と綴られ、凌霜草廬主人と記された相磯氏を筆頭に、六名の名をあげている。次のとおりである。

一　**凌霜草廬主人**　時々ハム雞肉をめぐまる
萩の餅ジヤム等をもめぐまる

一　**兎屋怙寂子**　平生砂糖菓子炭をめぐまる

一　**西銀座おかざき**　毎年盆暮の贈物

一　**小堀杏奴**　邸内の野菜を饋らる

一　**杵屋五叟**　味噌醤油等折々足りなくなる時もらひに行くところ

一　**鄰組渡部さん**　毎日野菜の配給物を持つて来てくれる人なり

〔欄外墨書〕

一　**熱海大洋ホテル主人**　洋酒バタ珈琲等進物数へがたし

具体的に何を頂戴したのか記録されており、荷風の几帳面さがわかる。

ひとり暮らしの身にとって相磯氏から届くハムは重宝した食材だったに違いない。調理の手間が不要で、切っただけで食べられる。荷風は歯が丈夫ではなかった。配給の牛肉は硬いからと隣に住む外国人にあげていたが、柔らかいハムなら食べやすかっただろう。

焼豚の手軽さと食べやすさは、ハムに通じるのかもしれない。

焼豚の話を寄せたのは、荷風死亡時の第一発見者だったお手伝いの娘さんで、母の都合が悪い時に代わりに荷風宅に来ていたそうだ。

お手伝いが家の奥に入ることを荷風は嫌がった。だから仕事といえば七輪の炭に火をおこし、流しや土間、玄関の掃除

をする程度だったという。それだけのためにお金を払ってお手伝いを雇うのに、電気代は夜間使用だけの定時契約にして節約していた。頭をひねりたくなるが、荷風は玄関掃除こそが大事だと考えていた節がある。

小門氏の『永井荷風の生涯』のなかで、門の前の通りをきれいに掃くわけを、荷風自身が語っている。

「あれはあなた、空巣にはいられないおまじないですよ。出入り口を綺麗にしておけば人手の相当ある家と泥棒は見るでしょうから。このへんじゃよく靴を盗まれたりするんですよ。……何事も用心して先手を打っておけば安心だな」

「何事も用心して先手を打つ」、これは荷風の人生哲学のひとつといえる。後で述べるが、遺言書は四十代の時から用意していた。女性とのつきあいも常に先を予測し、「女とできるときに別れるときの金を考えている」（嵐山光三郎『文人悪食』）というくらいだった。

独活を携えた老人

偏奇館時代もよく自炊をした。ご飯を炊いて、野菜などを入れた汁を作った。それに常備している佃煮や煮豆などを添えて、食事をすませていた。しかし時々気になるものを作っていたことも、日記から見受けられる。

燈刻自炊の際蕃茄を切りオリーブ油を調味す。（昭和十五年七月十七日）

夜読書の傍火鉢にて林檎を煮ジヤムをつくる。（昭和十八年二月七日）

また、電車停留所前の八百屋で西洋茸が売られているのを見て、買って帰っている。どう調理したのか、残念ながら具体的な記述はない。それにしても戦前に舶来品のオリーブ油を使って調理したり、西洋の食材に手が伸びるとは、さすが荷風。時には、難しい料理にも挑戦している。贈呈した本のお礼にと寺の住職から土筆《つくし》が送られて来た。〝家伝の法〟と書かれた調理法が添えられていたので、それを頼りに料理を試みる。ハカマと呼ばれる皮をひとつずつ取り除かねばならず、結構、手間がかかる。果たして〝家伝の法〟通りにはうまくいかなかった。ついに断念し、女中に作らせて春の滋味を味わった。

荷風が自分で作るのはあっさりと淡白なものが多かったようだ。こってりした料理の記述は見かけない。

葡萄酒は好きで自宅でも欠かさなかったが、料理に合わせていたのではなくて、食を進ませるためのいわば食前酒だった。

元来、アルコールの量を過ぎない荷風は、泥酔という感覚を知らず、街中や店で出くわす酔っ払いを毛嫌いしていた。

刺身を食さないので寿司は食べない。

愛用した飯茶碗。箸は割り箸しか使わなかったとのことで、遺品にはない。食事が済むと割り箸は七輪で燃やした。

けれども焼き魚は好き。煮豆は大好物で、外で煮豆を買って帰った記述は断トツに多い。

　野菜は好き嫌いなく何でも食べた。終焉の地となった市川では、近隣が農家ということもあって新鮮な野菜が手に入りやすかった。散策途中の露店で買い求めたり、農家から直接分けてもらったりしていた。

昭和二十一年八月初二、時々驟雨、午前小瀧氏来話、昨日より闇市取払となり八百屋にも野菜少し、白幡祠畔の氷屋六平心やすければ立寄り其畠につくりし茄子胡瓜を買つてかへる、〈以下略〉

　本当の話なら聞き捨てならないが、人が見ていないと八百屋などの店先で、品物をごまかして籠に入れてしまうとかで、近所では要注意の人物になっていたという噂もあった（真偽の程は確認できず）。

　独活《うど》の入った買い物籠をぶら提げて歩く姿も、市川の人はたびたび見かけたという。荷風の身長は百八十センチ程だったというから、当時としては頭ひとつ抜きん出る背丈で、歩いているだけでも目立つ。そんな男が独活を手にしている様が人目をひいたのだろう。しかし人の目などどこ吹く風の荷風は、いそいそと帰宅して「独活を煮て昼飯を食」した。晩年によく通った飯田屋では柳川の他に、独活入りのぬたを食べるのがお決まりだった（68頁参照）。独活もきっと好物だったのだろう。

戦中戦後、大好きな煮豆が買えない時期は、火鉢に鍋をかけて豆を煮ることもあった。

あんこの和菓子

桜餅、草餅、萩の餅、ぼた餅……甘党・荷風は洋菓子より、和菓子を好んだ。敬愛した森鷗外もあんこが好きで、「饅頭茶漬け」が好物だった。葬式饅頭をもらうと、ごはんの上に割ってのせ、煎茶をかけて食べたという。

　八幡の家の近所には、荷風が足しげく通った和菓子屋が残っている。春になると、草餅を求めて来店した。大きなガラスの引き戸を開けて中に入り、店番の姿が見えないと「この店は誰もいないのか！」と怒鳴ったそうだ。店の奥が作業場なのでお客が来ないのを見計らい、店番も奥で手伝いをする。ちょうどそこへ運悪く、荷風が来店したのだろう。

　明治四十二年、親友の井上啞々へ宛てた手紙で、「あまりに凝り過ぎて石衣の餡の干固ったやう」と自分の江戸趣味を形容する。石衣（写真左）とは昔ながらの和菓子。石を思わせるように堅く固めたあんに、白砂糖の衣を纏っていることにその名は由来するが、京都では松露と呼ばれている。晩年の荷風は馴染みの商店で、よく石衣を買い求めていた。

酒は少しも飲まぬ。菓子は良く食ふ。殊に食事の後で食ふ事が多い。それも「ねぢんぼう」とか大福とか金つばとか云ふやうな下等な駄菓子類が好きである。

『文士の生活』より

第三章

散人、晩年に愛した街

永井荷風は歩く人だった。
電車やバス、乗合船を使って、
じっくり観察したい街角や路地に向かう。
そして、ひたすら歩く。
眺めて、聞いて、メモをとる。
生涯、慣れ親しんだ「浅草」と、
晩年暮らした「市川」に
荷風が見た風景を訪ねた。

イラスト……佐藤高志雄

川を渡って浅草へ

言問橋の欄干より空を仰ぐ。隅田川には、
永代橋、吾妻橋、両国橋……と、多くの橋
がかかる。この橋のかかる光景を眺めたり、
渡ったりすることを荷風は楽しんだ。

橋の上から水の流れを見る喜びもあった。『日和下駄』の中で、「水は江戸時代より継続して今日に於ても東京の美観を保つ最も貴重なる要素となつてゐる」といっている。

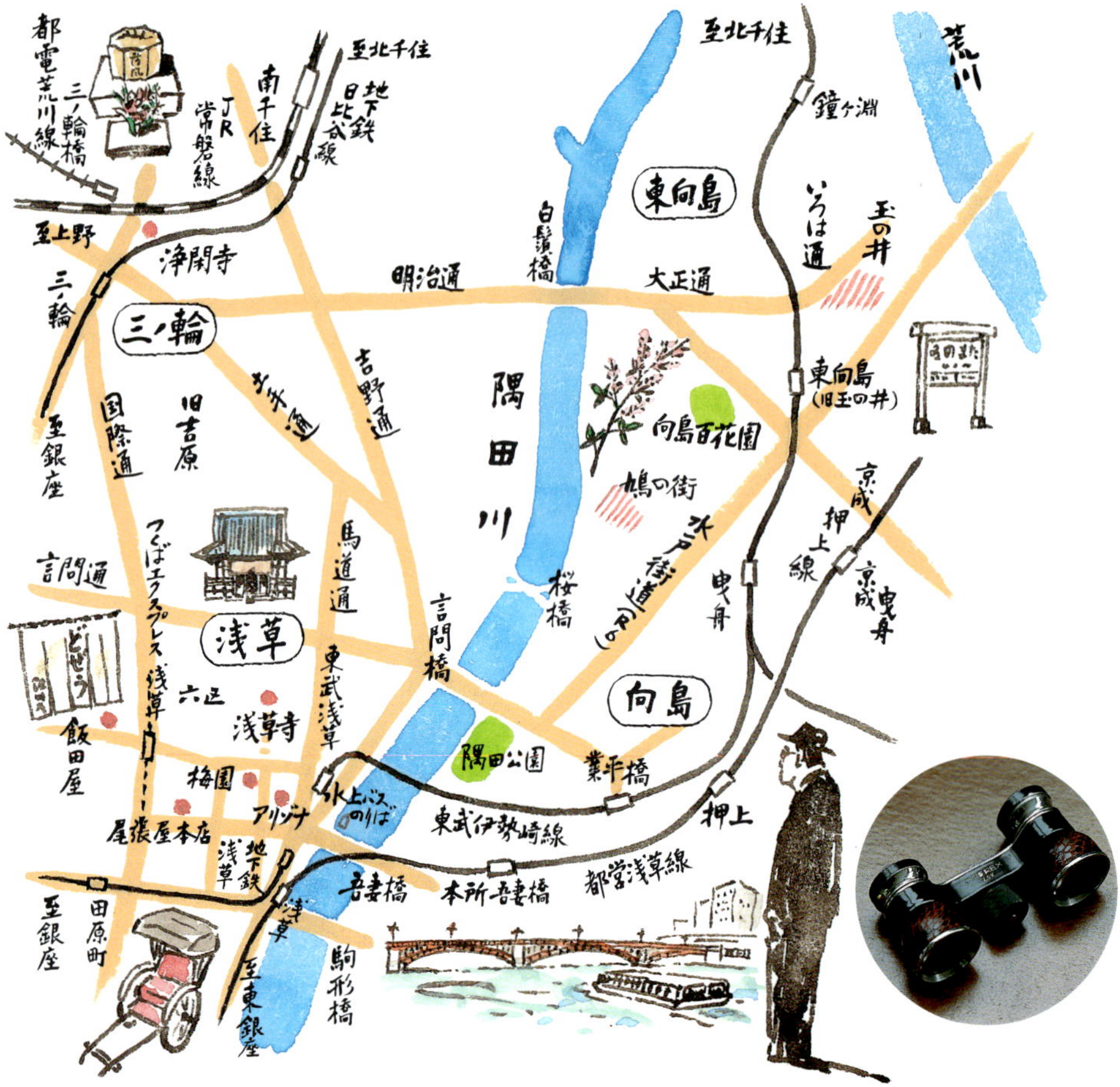

戦後、荷風が初めて浅草の町に足を踏み入れたのは、昭和二十三年の一月のことだった。

　当時、市川から浅草に出るには、京成線の菅野駅から押上駅に出て、そこから歩いて浅草へ至る方法と、市川駅前より上野行きのバスに乗って浅草雷門で下車する、また省線（現在のＪＲ線）を使う、という三つのルートがあった。市川は東京と川（江戸川）一本隔てた場所で、電車なら乗り継ぎなしで行ける。交通の便のよさは、晩年の荷風を浅草行きへと促したひとつの理由でもあった。

　また浅草は、洋食屋、蕎麦屋、とんかつ屋、すき焼き屋、甘味屋と飲食店が軒を並べ、銀座界隈と比べれば価格も手頃だったこともあって、ひとり暮らしゆえ外食することが多かった荷風は、死の直前まで日課のように出かけた。

　戦前に足しげく通ったオペラ館がなくなり、浅草で向かった先は大都劇場、ロック座、常磐座の楽屋だった。お気に入りを見つけると、その女優のために脚本を書き下ろした。『停電の夜の出来事』

『春情鳩の街』『渡り鳥いつかへる』がそれらの作品だ。そして脚本の執筆だけでなく、時には演出を手掛け、ついには自らも舞台に立った。この時期の日記には、その日行った楽屋と、帰りに誰（踊り子や女優）とどこに寄ったと書くのみ。そっけない文面だが、多くを語らないことがかえって、毎日まめに出かけていく荷風の執着さえ感じさせる。

　荷風が浅草で楽屋に入り浸りになっていることが、新聞社や出版社の間に知れ渡ると、記者や編集者は市川の家ではなく、目星をつけた楽屋に直接訪ねてくることも多くなった。

昭和二十四年二月十日。朝の中雪降りしが積らぬ中に歇みて空晴る。午後ロツク座に行き様子を窺ふに或雑誌社の記者田村泰次郎氏と余との座談筆記をなさむとする計画なれば逃れて大都座楽屋に入り少憩して後省線にて薄暮家にかへる。〈以下略〉

迷惑な客ではあったが、時には思わぬ恩恵をもたらすこともあった。それはマスコミの写真撮影だ。

　荷風はしぶしぶ写真撮影に応じるふりをして、せっかくだからと踊り子にも一緒に写ろうと提案する。そこで踊り子らと腕を組んだり接近したりした隙に、ちゃっかり胸などを触るのだ。荷風は見ての通り、背が高く紳士的な風貌だから嫌らしさがない。だから女の子も屈託なくキャッキャッと騒ぎながら、撮影を喜んでいたらしい。

　浅草の楽屋に顔を出さない時は、小岩の私娼窟、有楽町のフジアイス、吉原の遊郭に出かけていた。

　大正初期に新橋芸者を書いた『腕くらべ』、昭和のはじめの女給を書いた『つゆのあとさき』、そして玉の井の娼婦は『濹東綺譚』に、というように荷風は「玄人」の女性達を描いてきた。そして戦後、荷風が挑もうとしたのは、外国人相手の娼婦いわゆる〝パンパン〟で、さっそく彼女らに近づいた。けれども日本人だからとあまり相手にはされず、「結局わからないね、ああいう女たちは」と、相磯勝弥氏に語っている（『荷風思出草』）。

　その一方、吾妻橋付近に立っていた娼婦にも荷風の目は向けられていた。昭和二十四年六月の日記には、橋のたもとに娼婦が佇んでいるのを見て「銀座辺の女に比すればその姿何となく物哀に見らるるも川風寒き土地柄なればなるべし」と感想を記している。

　数日後、荷風が地下鉄の駅で電車を待っていると、一人の女が声をかけてきた。

昭和二十四年六月十五日。晴。〈中略〉**帰途地下鉄入口にて柳島行電車を待つ。マツチにて煙草に火をつけむとすれども川風吹き来りて容易につかず。傍に佇立みゐたる街娼の一人わたしがつけて上げませう。あなた。永井先生でせうといふ。どうして知つてゐるのだと問返すに新聞や何かに写真が出てゐるぢやないの。鳩の町も昨夜よんだわ。**〈以下略〉

　その場で暫らく話をして、別れ際、女性に煙草の空き箱に百円札三枚を入れて渡した。後日（六月十八日）、偶然に（？）

浅草を中心とした下町は荷風の一生を通じて、ゆかりの深い場所。十代の頃から遊郭のあった吉原に通い、『濹東綺譚』の舞台にした玉の井、そして晩年に足繁く通った劇場など。当時の面影を残す場所は、浅草寺などわずかに残るのみ。

二人は地下鉄の駅で出会う。荷風は女の経歴を尋ねようと吾妻橋の上まで連れ出し、川を眺めながら話をし、再度三百円を渡そうとした。「何もしないのにそんなに貰っちゃわるいわよ」と女は遠慮したが、「じゃ、今度遊ぼうね」といって無理に受け取らせて別れた。そして続ける。

年は廿一二なるべし。その悪ずれせざる様子の可憐なることそゞろに惻隠の情を催さしむ。

　不幸な女たちの身の上を見聞きし、小説の種にして原稿料を貪る自分こそ、売春行為よりもかえって浅ましいのではないかと記した。

　この頃、荷風は七十を迎えて、かつてのように女を買うことは少なくなっていたようだ。相磯氏が荷風に「宿屋へいつしよに泊まつたことはないですか」と質問したところ、「それまでしなくてもいいですよ。ほんとうはそうしなければダメでしょうが……」と答えている（『荷風

浅草から押上駅へと向かう途中、佃煮屋に寄っておかずを買った。

思出草』）。宿屋に行く代わりに、食べもの屋に行って飲み食いをさせ、話を引き出した。こうして書き上げたのが小説『吾妻橋』である。

浅草といえば、三社祭と隅田川の花火大会、羽子板市、酉の市などが有名だ。荷風には人がごったがえす日曜日などは外出を避ける傾向があったが、お祭りの時は別格とみえて、人の賑わう場所によく顔を出している。また、花火好きらしく、江戸川にもわざわざ見物に出かけていた。

市川から浅草へは、隅田川も渡る。明治大正の頃は、隅田川の水は澄んでいたらしいが、戦後は水が濁り、悪臭を放つほどであった。日本橋生まれの谷崎潤一郎は関東大震災の後、関西に移り住んだが、変わり果てた戦後の隅田川を見て「お歯黒溝《どぶ》」といったくらいだから、相当に汚なかったのだろう。

けれども荷風にとっての隅田川は思い出深い川だった。十代の頃に水泳を習ったり、友人らと貸しボートを借りて漕ぎ出し、船上、代数や幾何学の宿題を考えた。長じて、散策の途中にあてもなく乗り合いの渡し舟に乗ってみたり、身受けしたお歌も共犯にして、処理に困った書き損じの四、五百枚に上る原稿の束を流したこともあった。そして何より荷風は、川の流れそのものが好きだった。だから「言問橋や吾妻橋を渡るたび」、つい「眉を顰め鼻を掩ひながらも」「欄干に身を倚せて」は水の流れをじっと眺めたと、市川時代の随筆『水のながれ』に書き残している。

「水の流ほど見てゐるものに言ひ知れぬ空想の喜びを与へるものはない」

浅草で踊り子たちとお店で談笑した後、荷風はひとり、水面を眺めて吾妻橋を渡り、佃煮屋に立ち寄って買い物をしてから市川へ帰るのだった。

浅草寺も空襲によって灰燼に。焼け野原に荷風は何を思っただろう。

玉の井

浅草通いを再開すると、さっそく焼けた向島・玉の井を見に行った。その日（昭和二十三年一月十二日）の日記には「濹東綺譚執筆の当時を思へば都て夢の如し」と記し、繁華街の変わり果てた光景に呆然とした。現在、往時が偲ばれるのは「旧玉の井」と書かれた昔の地名だけ。「ぬけられます」の看板を探す路地探検は、いまや望むべくもない。

向島百花園

浄閑寺が創建されたのは明暦元年（一六五五）。空襲を免れた創建時の黒門を抜けると、ひしめき合うように墓石が並ぶ。古木が鬱々と茂り霊気が漂う。通称「投げ込み寺」といわれ、死んでも引き取り手のない遊女の無縁寺でもあった。荷風は生前、死んだらここに葬ってほしいと望んだが、遺骨は結局、雑司ケ谷の永井家の墓に納められた。代わりに死後四年目の命日に、「震災」という詩を刻んだ荷風の碑が建てられた。関東大震災の時も、新吉原の多くの遊女がこの寺に葬られた。

浄閑寺

昭和二十八年十一月初四。晴。〈中略〉晡下浅草への途すがら三ノ輪を過ぎたれば浄閑寺の境内に入りて見る。先年（昭和十二年の夏）来り見し時よりも境内狭くなりしやうにて其時見たりし角海老楼若紫の碑其他見えざる石もあり。されど本堂及門はむかしの儘にて空襲にも焼けざりしが如し。〈以下略〉

江戸時代以来の名所「向島百花園」も、空襲で焼けた。20代後半の明治41、2年の頃、竹馬の友であった井上啞々と、梅にはまだ少し早いが、といいながら向島の百花園で一休みした思い出を晩年の随筆『雪の日』で紹介している。戦後に整備され、現在は、詩経や万葉集など中国、日本の古典に詠まれている植物を集め、四季を通じて花が楽しめる。また、園内には文人達の足跡をたどる文学碑もあり、荷風の愛した秋海棠も、晩夏に可憐な花を咲かせる。

| DATA | 墨田区東向島3-18-3　☎03-3611-8705

吾妻橋

荷風はいう。川の流れを見るのに最もいい時は、日が傾きかけた秋の日の夕暮れ近くだと。戦後、吾妻橋付近には、立ちんぼ（娼婦）の姿が見られた。

鳩の街

戦前通った玉の井が焼けてしまい、戦後は鳩の街に向かう。そしてこの街を舞台に『春情鳩の街』の脚本を書いた。娼家が並んだ鳩の街は、元からあった民家を買収して増殖したが、昭和32年の売春防止法で色街の灯は消えた。現在この辺りは「鳩の街商店街」となっているが、昔の余韻を残す、風変わりな住宅を目にすることもできる。

梅園

昭和二十五年五月卅一日。陰。燈刻ロック座楽屋。踊子等と汁粉屋梅園に笑語してかへる。〈以下略〉

昭和二十六年五月十三日。日曜日。晴。〈中略〉夜浅草。ロック座踊子数人と汁粉屋梅園に笑語す。

「梅園でお汁粉をたべやうとしたが、満員で入れないので」とは、『踊子』の一節。舞台がはねた後の踊り子たちを誘ってよく来店した。荷風は汁粉をおかわりして残さず平らげたという。

| DATA | 台東区浅草1-31-12
☎03-3841-7580

遺品として残るアリゾナのマッチ箱

アリゾナキッチン

昭和二十四年七月十二日。晴。〈中略〉仲店東裏通の洋食屋アリゾナにて晩食を喫す。味思ひの外に悪からず価亦廉なり。スープ八拾円シチユー百五拾円。

荷風が好んで食べたビーフシチュー。チキンレバークレオール（若鶏とレバーの煮込み）も好物で、日によっては海老フライ、グラタンなどを食す時もあったという。

昼の12時頃に来店し、入り口に向かってすぐ左横の席に腰をおろし、水がわりにビールを飲んだ。人に構われることを嫌ったが、この店では珍しく一杯目のビールは女将が注ぐものだと言ったとか。ある日、臨時休業と知らずに足を運んでしまい、後日、店に入るなり「急に休むなら休むといってもらわないと困る」と不満をぶつけたという。店は一時休業していたが、平成9年に外観を残し改装して再開。木製の装飾品やガスストーブなどは昭和20年代のままのものを使用している。

| DATA | 台東区浅草1-34-2　☎03-3843-4932

どぜう飯田屋

昭和二十六年
正月二十日。陰。　夜浅草。
飯田家に飰す。
正月廿四日。晴。　夜浅草。
飯田屋に飰す。
正月廿五日。晴。〈中略〉夜
浅草。女優岡野初美等と飯
田屋に飲む。

どじょうはうなぎに比べてビタミンが豊富で、精がつくとか。荷風は飯田屋の暖簾をよくくぐった。夜、芝居がはねてから踊り子たちと来ることも多かった。ひとりで来店したときは、ぬたとお銚子一本を注文し、最後は柳川で締めた。ある時、いつも自分が座る席に、ほかのお客が座っていた。荷風はその席が空くまで、ずっと柱に寄りかかって待ったという。店は平成10年に建て替えたが、その柱は帳場の横に記念に残されている。

| DATA | 台東区西浅草3-3-2
☎03-3843-0881

まぐろの赤身と、独活を赤味噌で和える「ぬた」。くらげが添えられて、異なる食感を楽しめるのは、この店ならでは。

現店主の祖父（写真中央）は、慶応義塾大出で歌舞伎役者だったこともあってか、荷風とよく話をしていたという。共通の話題があって互いに親しみをもてたのかもしれない。

尾張屋本店

写真に撮られるのを嫌がる荷風を、当時多摩美術大学写真科の学生だった井沢昭彦氏が、市川の自宅から浅草まで追っかけ回して撮った、尾張屋でのスナップ写真。

暑かろうが寒かろうが年中、一杯八十五円（当時）のかしわ南蛮。店でも分かっているので、姿が見えると作り始めた。荷風は汁まできれいに平らげた。そしてお茶を飲んで一息つくと、おもむろに財布から百円札を取り出し、テーブルに居ながらでお釣りを受け取った。

判で押したように定刻に来店し、決まった席で注文もせず、無言で腰を下ろしてかしわ南蛮が来るのを待つ。映画『濹東綺譚』を撮った新藤兼人監督によれば、尾張屋のトイレで尻餅をついたことが荷風、最後の浅草だったという。「トイレはどこ?」「この奥です」、その後ドスンとものすごい音がして、女将が駆けつけた。手を貸したところ、はじめて「どうもありがとう」と荷風が礼を言ったのを聞いたという。「いつも食べに来ていてもひと言も話さないし、笑いもしないから可愛げがないの。偏屈じいさんね。でもね、あとで考えると、いいお客さんだったわね……」と言った女将さんの言葉が心に残る。

| DATA | 台東区浅草1-7-1
☎03-3845-4500

「日乗」の断片 3 おみくじの願掛け

荷風の死後、普段着ていた洋服のポケットから、おみくじが一枚出てきた。肌身離さずに持ち歩いたものだ。さらに部屋からは二枚のおみくじが発見された。すべて浅草の観音堂でひかれたものだった。

『断腸亭日乗』にはおみくじを引いた記述が十回以上あり、大吉、吉、半吉、凶といろいろなくじを引いている様子が書かれている。小門氏によれば、晩年の荷風は大吉が出るまで、何度でも引き続けたという（『太陽』「荷風の郷愁」）。なぜ、それほどまでに大吉にこだわったのか。誰の世話にもならず、ある日突然に、ひとりでこの世を去りたいという荷風の願掛けだった。大吉が出れば願が成就すると信じた。

大正七年十二月二十六日、第六十二の大吉を引いた。「大吉の御籤を得て喜び限りなし」。しかし、大吉は却って凶に返り易い事もあるので、「冀くはこの大吉一変して凶に返ることなかれ」と用心深く書き添える。第六十七の凶を引いた時は、「わが今日の心持を占ひ得て頗当れるものと謂ふべし」と、ショックを隠さない。

昭和十五年三月二十三日の日記では、沈丁花の木で自分の余命を占った。二十年程前に偏奇館に住みはじめた時に、植木屋から紅白の花の沈丁花を二十株買って庭に植えた。ところが関東大震災があった年からどういうわけか毎年一株ずつ枯れ、残りわずかに二株のみとなってしまっていた。実は七、八株枯れ出したところで、残る花株の数に、荷風は自分の余命を重ねて占っていたのだった。

余の六十四歳となる時なり。この辻占果して当るや否や。

結局、この沈丁花の占いは外れ、その後、十九年間を生き続けた。しかしおみくじの願掛けは功を奏し、願った通りの見事な突然の「単独死」で、この世に別れを告げた。

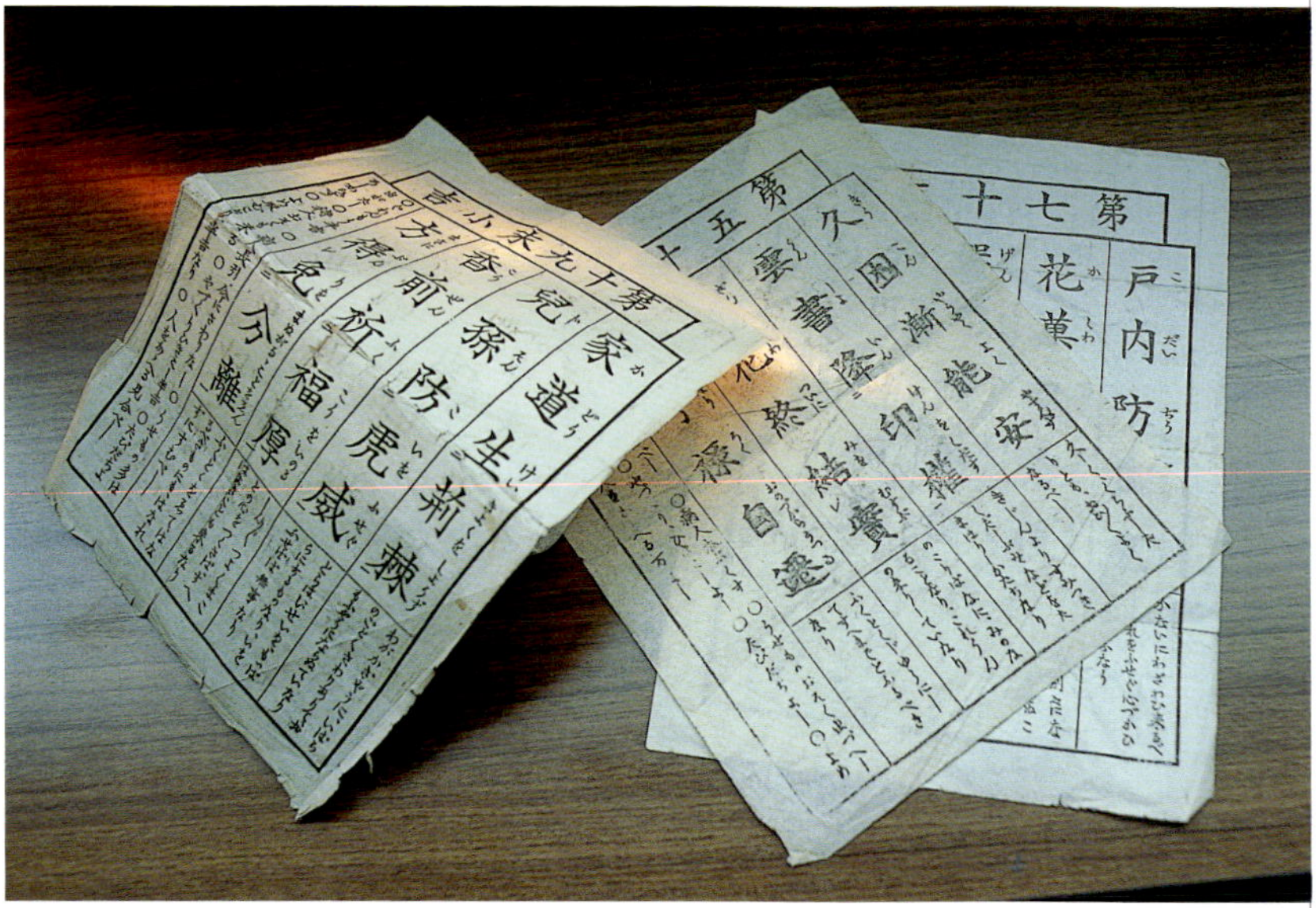

荷風がおみくじを引くのは、
浅草の観音堂と決めていた。

心癒された市川の風景

豊かな水を湛える江戸川。行徳橋のたもとから市川を望む。

東京に隣接していたものの、市川は昭和二十年三月の東京大空襲を免れた。翌年に荷風がここで暮らし始めた頃は、樹木が豊かに生い茂る、長閑な田園風景が広がっていた。

杵屋五叟に誘われるままに赴いた市川は、それまでにも散策で出かけたことはあったが、住処として自ら選んだ土地ではなかった。しかし引っ越してみると、昔の向島を思い出させる風景が残っていた。「全く思ひ掛けない仕合せであった」と『葛飾土産』に記している。

荷風の転居と前後して、幸田露伴も病身ながら、伊東から市川の菅野に移り住んでいた。露伴は荷風の『濹東綺譚』を読み、「涼しい文章だよ」とある編集者相手に褒めたという。そして娘の幸田文に、これは読むようにとすすめた唯一の小説だった。

当時、地元の人々の家の庭には、梅、桃、梨、柿、枇杷などの果樹のほか、ダリヤや菖蒲、あやめ、鶏頭といった花も植えられていた。生垣や竹垣越しに、道行く人は庭の花を眺めることができたというから、花好きの荷風がここでの暮らしを気に入らないはずがない。草花には詳しかったが、市川では見たことのない草花も目にした。

現在の市川市街地は荷風がいた頃とは様変わりして、住宅が立ち並び、かつての田園風景を望むことは難しい。けれども駅周辺からかなり離れると、田畑がまだ残っている。市川は梨の産地でもあり、また松の街といわれるほど黒松が多い。荷風が住んでいた頃の菅野周辺も、黒松をはじめ榎や檜など、年輪を重ねた樹木も生い茂っていた。今でも周辺の住宅街を散策すると、大樹となった黒松が姿を残し、たくましくりっぱな枝を伸ばして往時の名残りを留めている。荷風は散策の途中で、落ちている松ぼっくりを拾い集めては、持ち帰ってご飯を炊く燃料としていた。

前述の通り、市川で荷風は四軒の家に住んだ。最初は杵屋五叟一家との同居で、国府台高等女子学校（現・国府台女子学院）の教員用住宅の一軒屋だった。平屋の日本家屋で、物音は家じゅうに響き渡る。荷風は玄関との間を障子で仕切られていた八畳間の離れにいたが、隣家のラジオ、長唄の師匠であった五叟の三味線の稽古などが始まると、読書や執筆に打ち込むどころではなかった。荷風は火箸を打ち鳴らして耳障りな雑音に対抗した。そしてこんな境遇を「牢獄に異ならず、悲しむべきなり」と嘆いた。次に移った小西宅は五叟宅より広かったが、それでも近隣のラジオの音が気になった。気になりだすと余計に耐え難くなる。

荷風は騒音を避けるため、頻繁に散策へと出かけた。まだ浅草通いが始まらない頃、近所の店に買い物に行ったり、時間つぶしに駅の待合室で人物観察をした。小岩や船橋にも出かけ、地元の遊郭界隈にも様子を見に行っている。

西へ東へと手に籠を提げて、気の向くままにどんどん歩いてゆく。

荷風が歩いたのは、賑やかな場所ばかりではない。市川の名所とされる閑静な神社仏閣にも一度ならず足を運んだ――手児奈《てこな》霊堂、弘法寺、葛飾八幡宮、八幡不知森《しらすのもり》、中山法華経寺、妙行寺……。

昭和二十一年
三月廿六日、晴、暖、午後漫歩、手児奈堂に賽す、〈以下略〉
四月十八日、晴、南風烈し、午後八幡の湯屋に行きしが休の札出したれば帰途垣根道の曲り行くに従ひ歩みを運ぶに、老松古榎欝然として林をなせる処、一宇の廃祠あり、草間の石柱を見て初めて白幡神社なるを知る、

そしてある時は田舎道に歩を進め、丘陵の木の下の草むらに腰を下ろして、小鳥のさえずりや風の音に耳を傾けつつ、途中買い求めた蜜柑を味わった。またある時は行儀の悪さを承知で、一枚一円の菓子パンを五六片買って、林の下を歩きながら食べた。「家なき乞食になりしが如き心地して我ながら哀れなり」とその日の日記に感想を記す。

市川では洋服を着たインテリに出会うこともなく、人々の多くは額に汗して農作業に励んでいた。素朴で健全な市井の暮らしぶりに目を向け、長閑な場所を気

葛飾八幡宮内の社殿脇に聳える千本公孫樹（いちょう）は、国指定天然記念物。樹齢1200年以上、22メートルの大樹は一本の樹に見えるが、実は多数の樹幹が寄り集まっている。

ままに歩く。

晩年の名作といわれる市川を題材とした随筆『葛飾土産』は、こうした散策からうまれた作品だった。

市川市内には、江戸川の水を引く真間川が流れている。荷風が市川を気に入った理由のひとつに、水の流れる風景があった。

国府台の麓の水門から導かれ、手児奈橋あたりに至ると桜の木が植えられ、春の眺めは絶景だった。荷風は、ここの桜の樹齢は明治三十年頃に隅田堤で見た桜と同じくらいではなかったか、と『葛飾土産』で述懐している。現在は護岸整備が行われ、桜の大樹も切られ、かつての面影は全くない。

やがて町中に水が流れ込んでいることに目を止める。流れがどこまで続いているのか、その道筋を確かめたくなった。というのも、子供の頃から道を歩いていて小さな水の流れ（荷風流にいえば、「小《こ》流《なが》れ」となる）に出くわすと、その流れに沿ってどこまでも歩きたくなる奇癖があった。この歩みの行程を『葛飾土産』に綴った。

散策途中に出会った水の流れに沿って、荷風は東へ東へとどこまでもたどって行く。人家の散在した陋巷を過ぎ、電車の線路を横切り、田と畠との間を進んでいく。五キロ近くの距離は歩いただろう。とても七十歳を迎える老人とは思えない健脚。真間川の果てもそう遠くはないだろうと思いつつ、ようやくたどり着いたのは、原木《ばらき》という地名の場所。冬の日はかげり、時を告げる寺の太鼓が鳴った。妙行寺と呼ばれる寺のあたりまで来たが、ついに海は見えなかった。荷風は、「その日は腑甲斐なく踵をかへした」と筆をおいた。

京成八幡駅付近。まっすぐに伸びた通りは荷風が買い物をした商店街。現在「荷風の散歩道」と名づけられている。

手児奈霊堂

昭和二十二年三月十八日。晴。春風依然として暖ならず松籟鬼哭の如し。昼餉の後真間川の流に沿ひ歩みて手古奈堂の畔に至る。後方の岡に聳る石級を登れば弘法寺の山門なり。本堂の傍に老梅三四株ありて花雪の如し。〈以下略〉

万葉集で知られる手児奈姫を祀る。霊堂横の小さな池は、太古の入り江の名残りともいわれ、夏には睡蓮などの水草が生い茂る。

弘法寺

昭和二十三年四月初七。晴。いよ〳〵暑し。午下小瀧氏来話。共に出で、真間川の桜花を看る。満開の花未散るに至らず正に見頃なり。弘法寺の石級を登るに本堂の傍に年古りたる垂糸桜ありてこれも花爛漫たり。〈以下略〉

葛飾八幡宮

白幡天神社

昭和二十・年五月十一日、〈中略〉露店にて雞卵を買ひ白幡天神祠畔の休茶屋にて牛乳を飲む、帰途緑蔭の垣根道を歩みつ、ユーゴーの詩集をよむ、砂道平にして人来らず、唯鳥語の欣々たるを聞くのみ、此の楽しみも亦市川に来るの日まで予想せざりし所なり、〈以下略〉

[右頁上] 弘法寺の本堂の傍らには伏姫桜（ふせひめざくら）と呼ばれる樹齢400年の枝垂桜がある。荷風も満開の桜を見て心を奪われた。弘法寺は真間山の頂上に位置し、境内の崖からは市川市内を一望できる。弘法寺は歴史を奈良時代まで遡れる古刹。江戸時代は紅葉の名所として知られ、文人墨客が訪れた。

ラジオや三味線などの騒音から逃れ、ここで小鳥の声を聞きながら読書をした。境内の広さはおよそ2000坪もあり、緑の木々が生い茂り、喧騒を忘れさせてくれた。荷風の訪れた昭和20年代は、敷地はいまより広く、昼間でも暗いほど樹木が陽を遮り、静寂に包まれていた。夏場の涼を求めるにももってこいの場所であった。この白幡天神社の近くに住まいのあった幸田露伴は昭和22年7月に他界。荷風は葬式に参列しなかったが、式場の外に立ち、遠くから見守ったという。

[右頁下] 葛飾八幡宮は寛平年間（889年～898年）に石清水八幡を勧請して創建され、徳川家康も52石の社領を寄進した。秋には「ボロ市」とよばれる農具市が開かれ、荷風も度々足を運んでいる。

山門の開かれている扉には重厚かつ緻密な彫刻が施され、この扉に見入っている荷風の写真がある。撮影者はかの木村伊兵衛。妙行寺は市川市原木の住宅地の中にひっそりと佇んでいる。本殿、鐘楼、祖師堂などを囲んで手入れの行き届いた庭園が広がる。春には見事な枝垂桜が花を咲かせる。

妙行寺

荷風が見た真間川堤は、土手はなだらかで水も澄んでいた。川面に向かって桜並木の枝が広がり、流れに花影を映した。現在は堤防が立ち、当時とは様変わりしている。

真間川

昭和二十二年四月十六日。晴。正午小瀧氏来話。共に出で、真間川の桜花を看る。花季早くも過ぎ落花紛々として雪の如し。

〈以下略〉

江戸川を渡ると、行徳、浦安。荷風は八幡から
バスに乗って行徳橋を渡った。当時木製だったこの橋
のたもとに佇み、大好きな川の流れを見つめた。

行徳橋

カゴ持つ私

わたくしは日々手籠をさげて、殊に風の吹荒れた翌日などには松の茂つた畠の畦道を歩み、枯枝や松毬を拾ひ集め、持ち帰つて飯を炊ぐ薪の代りにしてゐる。また野菜を買ひに八幡から鬼越中山の辺まで出かけてゆく。それはいづこも松の並木の聳えてゐる砂道で、下肥を運ぶ農家の車に行き逢ふ外、殆ど人に出会ふことはない。

『葛飾土産』より

大黒家

最後の食事は、この大黒家のカツ丼だった。体調を壊して浅草行きが困難となっていた荷風は亡くなる一月半ほど前から、昼過ぎの午後2時頃に来店。決まった席に座って、まずお燗した酒を一本、お新香を肴に味わってからカツ丼だったという。お酒は一本だけでカツ丼は残さずきれいにたいらげた。荷風に給仕をしていた女将さんは今も健在。「お宅から300メートルほどなのに、いつも背広を着てお店にいらしてました。気難しくも見えましたが、私たちにはやさしくて穏かな人でしたよ」。

| DATA | 市川市八幡3-26-5
☎047-322-1717

チソぱんの店

浅草からの帰り、京成八幡の駅を出てまっすぐにここへ立ち寄った。チソぱんやせんべいなどが荷風のお目当てだった。主が亡くなり、昭和の終わりとともに店は閉じられた。

菅野湯

荷風が通っていた菅野湯は今も営業。午後三時に開き、荷風は開店早々に小さな洗面器を抱え、下駄履きで通った。銭湯に向かう途中の商店街に一軒の洋服屋があり、着ていた下着が汚れてくると、肌色のメリヤス下着を買い求めて銭湯に向かったという。昭和二一年四月一三日の日記には「知る人の世話にて八幡町の洗湯に入る、裏口よりそつと入るなり」とあり、二円の銭湯料も払わず、ちゃっかり無料で入っている。もっとも、それは、菅野湯とは別の銭湯だった。

「日乗」の断片

4

あてが外れた文化勲章

昭和二十七年
十月廿一日。晴。午後毎日新聞記者小山氏来り今朝文化勲章拝授《（ママ）》者決定。その中に余の名も見ゆる由を告ぐ。〈以下略〉
十月廿五日。陰。正午島中氏高梨氏来話。島中氏洋服モーニングを持ち来りて貸さる。来月三日余が宮中にて勲章拝受の際着用すべき洋服を持たざるを以てなり。
十一月初三。晴。朝八時島中氏新に買入れし自働車に乗りて迎ひに来る。〈以下略〉

文化勲章を受けて荷風が一番喜んだのは、名誉ではなく、それによって得られる文化功労者年金だった。年額五十万円。自ら稼いだ著作の印税からは税金が引かれる。おおいに不服であるものの、国に文句を言っても無駄なこと。それが逆に国から仕送りのように年金が届くという。

「毎日新聞記者小山氏」とは、小門勝二氏のことである。戦後、尙風を慕って家によく出入りし、新聞社を退社したあと、「小門勝二」の名で多くの荷風研究書や回想・見聞録を私家版（自家編集・出版）で出した。文化勲章受章前後の様子についても書き残している（『永井荷風の生涯』）。

文化勲章受章を身近な人たちが料亭・八百善で祝ってくれた。八百善では国から許可を得て、客用にオリジナルの煙草を販売していたが、荷風の遺品にも箱だけ残っていた。

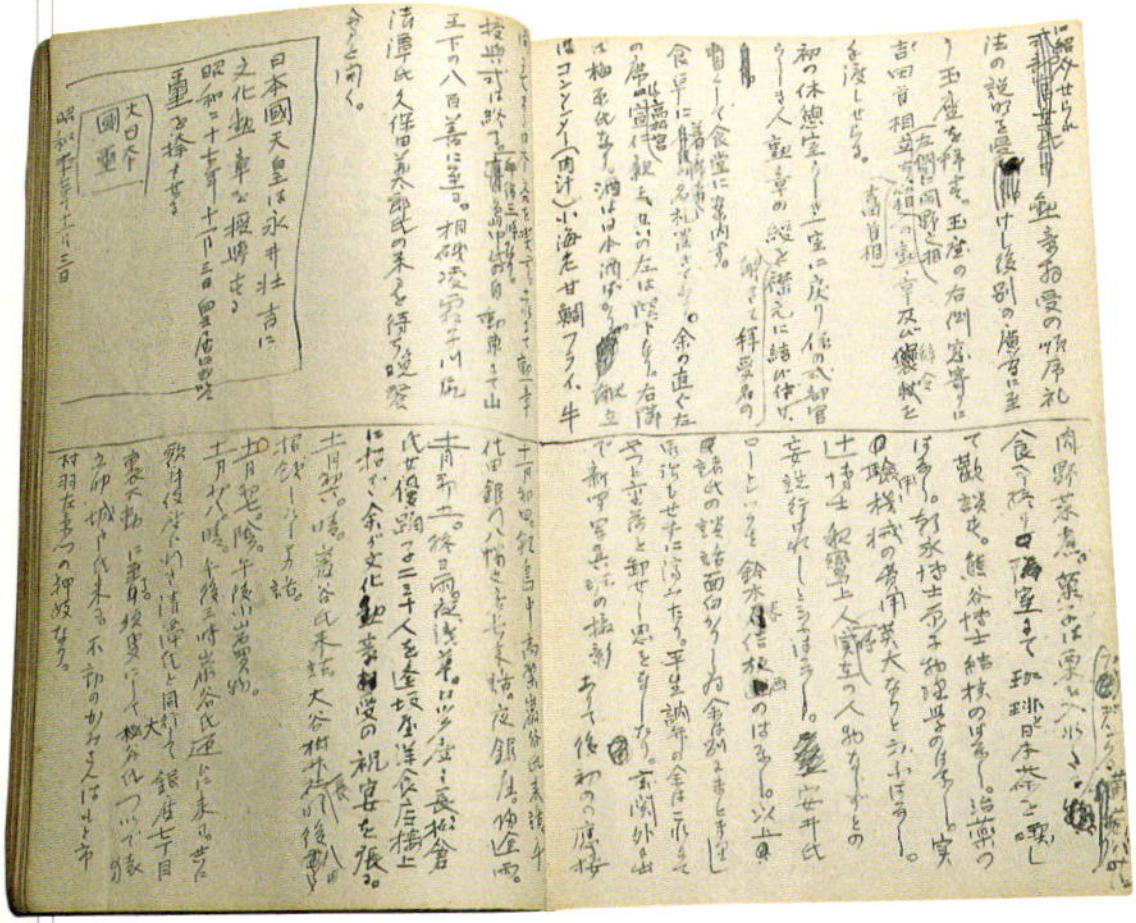

文化勲章授与当日（昭和27年11月3日）の日記

荷風は文化功労者年金で、浅草の踊り子たちに甘いものをご馳走しようと考えていた。ところが踊り子たちは、以前のようにご馳走してとねだらなくなった。劇場の幹部から、文化勲章の先生なんだから気安くしてはいけない。今後はくれぐれも失礼のないようになさい、とお達しが出たという。踊り子たちは、猥談などして喜ぶ荷風が、まさかそんなに偉い先生だとは夢にも思わなかった。

急によそよそしくなってしまった踊り子について荷風は、「あれはやっぱり文化勲章がわざわいのもとだったんですよ。ぼくはそこまで考えがおよばなかったことが失敗だったんだな。何となく老人のたのしみを一つもぎとられたような感じですよ。もともと政府のおしろ粉配給所の看板を出そうなんていう量見がいけなかったんだな。あれはやっぱりぼくのお金を銀行からおろして来てふるまうのがよかった。これは政府から配給のおしろ粉だよ、なんていったらみんなののどに通りゃしないかも知れませんぜ。……」とこぼしている。そして次第に楽屋行きの楽しみが薄れ、足も遠のく。以後は一人で映画を見に行くことが多くなった。

受章後、態度が変わったのは踊り子だけではなかった。自宅近所の商店街でも、今までは風変わりな老人ぐらいに見ていたのに、いちいち慇懃に接してくる。荷風はなにより周りの人の目を嫌った。ひっそりと日々の暮らしを送るのが理想であったから、居心地が悪かった。

官僚や政治家に見受けられる偉ぶった人間も荷風は嫌った。だから文化勲章をもらっても、本人の態度は以前のまま。暮らしぶりも何ひとつ変えようとしない。ベルトがわりに紐やネクタイをズボンの腰に巻いたり、袖口が擦り切れた服を平気で着用するスタイルもあいかわらずであった。

「男でも女でもエラクなったような気になってエバリ出したらもうおしまいですよ」と、『婦人公論』（昭和三十三年）の取材を受けて答えている。

第四章

好んだ季節の花々

荷風の作には、花や樹木の様子が頻繁に出てくる。年の暮れは冬至梅の蕾を数え、楓より柿の若葉が優る新緑の一瞬をも見逃さない……。日々変わる自然の様子、四季の移り変わりは『断腸亭日乗』にも克明に記録されていた。

大正六年から臨終の昭和三十四年まで、四十二年にもわたって綴られた『断腸亭日乗』には、日々何をして過ごしたか、またはさまざまな女性たちとの交流などが、淡々と感情表現を排して記されている。一方、花や植物に関しての記述がとても多いことに気づかされる。庭の植物だけでなく、近隣で目にした花樹、散歩の途中で愛でた菫や露草、野菊といった、その時季ならではの草花の様子が荷風の目を通してさりげなく盛り込まれている。読む側も花の色とともに情景が脳裏に広がる。

今年は桜花が咲くのが遅い、開花せず蕾のまま枯れる、長引く雨で花の色は褪せてしまった……。放蕩を極め、同時代に望みも興味もなさそうな荷風であるが、道端の小さな草花には関心を示し、四季折々に細かに記した。

清国人・羅臥雲《らがうん》（蘇山人《そさんじん》）の紹介で、二十歳の荷風は巌谷小波《いわやさざなみ》の主宰する木曜会に出席して、俳句づくりに精を出すようになった。季節の移り変わりに対する敏感な感覚は、句を詠むうちにも培われていたのだろう。

不惑を過ぎても早春に机上に置いたヒヤシンスや水仙が咲いたと日記に書く。

晩秋には庭の花壇にひとりしゃがんで、ふっくらとしたチューリップの球根を楽しげに植えた。次の春には、そのチューリップが無事に咲いたと律儀に報告する。読み手を意識しているようにも思われる。しかし、だからといってチューリップが咲いてうれしいとか、綺麗だとかいうような気持ちの部分までは書かれていない。「チユリツプ花開く」とあくまでもサラリと一文あるのみ。

詩人の田村隆一は、日記を長く続けるコツは感想を書かないことだと言っていた。後で読み返すと自己嫌悪に駆られることが多い。だから日記というものは大抵あとで焼却されたり、どこかに放り込まれて行方不明になってしまうのだ。そうならないためには、その日の天気や、会った人、読んだ本など、事実だけを淡々と書くべきだ、という。なるほど荷風が『断腸亭日乗』を書き出したのは満三十八歳。以来七十九歳の生涯を閉じるまで、延々と書き続けられたのは、素っ気ないほどの記述の仕方にあったのかもしれない。

けれども日記には書き手の好みが表れる。だから、荷風がどんな花が好きだったのかも『断腸亭日乗』を読んでいるとよくわかる。毎年ほぼ同じ時期に、同じような種類の名前が見える。春は梅の開花に始まって桜、胡蝶花、躑躅、牡丹、薔薇、藤の花。そして初夏は七度も色を変えるといわれる紫陽花、山百合、百日紅、石榴、夾竹桃。立秋が近づく頃には大好きな秋海棠、コスモス、菊、山茶花と次々に現れる。天気と同様、その季節を記録するキーワードのように、草木の様子を記しているのだ。

父・久一郎は盆栽を好んだ。家には盆栽に関する書籍も少なくはなかった。父が他界してから、『林園月令』『雅遊漫録』『庭造秘伝鈔』『草木育種』『日本家居秘用』といった蔵書を荷風は折にふれて熟読し、そこで得た知識を、自宅の庭で実践した。盆栽の梅は土用の中《うち》に肥料《こやし》をやらないと来春花が多くは咲かない、山百合は花が終わったら根を掘って乾いた砂の中に入れて置く……。庭木の世話をしだしたらあれをしなければ、これもしないといけない、と終日襷を外すひまなどないと、随筆『矢はずぐさ』で語っている。園芸好きだった一面は日記からもうかがえる。春先には菊の根分けをする。秋海棠の種を蒔き、芽が出たら移植をする、といった作業が例年のように行われている。葉鶏頭や鳳仙花やコスモスなどの種も蒔いた。そして筆をとる合間に自ら草むしりをしたり、肥料をやったり、落葉を箒で掃くのさえ女中に任せず、その手間を自ら楽しんでいた。

麻布・偏奇館には、住み始めた頃から庭に椎の大木があった。老樹の上、蟻がたかって大分弱っていた。荷風は、除虫薬を買い求めて幹の洞穴に薬を注ぎ込み、幹を藁で覆って保護した。その甲斐あって次の年から威勢良く葉を茂らせるようになり、夏の日の午後には椅子を持ち出して、その木陰で読書を楽しんだ。

治療を施した九年後には、椎の木に初めて花が咲いた。その花の匂いは荷風曰く、「物の黴びるが如き匂なり、されば淫水の臭気に似たりとも云はる、由なり」。また、花咲く香気をかぐ時は、何となく人跡絶えた、山の幽径を歩むが如き心地すると感想を述べている。

椎の木は常磐木、つまり常緑樹だが春から夏にかけて多くの葉を落とす。偏奇館には紅葉や石榴、百日紅、山茶花、沈丁花などの木も植えられ、秋にも多くの葉や花が庭に散り落ちる。したがって年中、庭を箒で掃かなければならなかった。

正月には荷風は初詣の代わりに、雑司ケ谷墓地へ出かけるのが常だった。一月二日が父の命日だった。墓には蠟梅の木が一本あった。大久保余丁町の家にあった二本の蠟梅のうちひと株を、父の死後、荷風が移植したのだ。植物は土地との相性があって、よく手入れをしても根付かないこともあるが、蠟梅はうまく根を張り、この地に馴染んだ。正月はその蠟梅の花が丁度見ごろになっていた。

大正十一年正月二日。正午南鍋町風月堂にて食事をなし、タキシ自働車を雑司ケ谷墓地に走らせ先考の墓を拝す。〈中略〉大久保売宅の際移植したる蠟梅幸にして枯れず花正に盛なり。〈以下略〉

この正月墓参りは、母が亡くなった翌年の昭和十三年頃まで続けられるのだが、それ以降『断腸亭日乗』には記述がない。昭和十八年の春の日に、通りすがりの寺の庭先に咲く蠟梅を偶然目にして、むかし墓に移植した蠟梅がどうなったであろうかと思い出すのみ。「雑司谷の墓田に移植せしが今はいかゞなりしや久しく展墓に行かざれば知らず」、ついぞ雑司ケ谷の墓まで足を運ぶことはなくなっていた。

中国原産の蠟梅は梅に似た芳香を放つ花で、黄みを帯びた花びらが蠟細工を思わせるところからその名がついたといわれる。荷風手ずから植えた蠟梅を、永井家の墓参りを兼ねて雑司ケ谷墓地に探してみた。枯れてしまっていても、こぼれ種で、次の代が成長しているかもしれない……。しかし残念ながら、蠟梅らしい木は見当たらなかった。永井家の墓の敷地を取り囲むようにして枝葉を伸ばしていたのは、荷風が好んだ紫陽花、百日紅、紅葉などであった。

元日やひそかにをがむ父の墓
行くところなき身の春や墓詣

「ヒヤシンス」

室咲の西洋花や春寒し

昭和二十年四月十一日、〈中略〉旧宅の焼跡を過るにヒヤシンスの芽焦土より萌出でしを見る、〈以下略〉

偏奇館が焼失したのは昭和20年3月の東京大空襲。その一ヵ月後に荷風は焼け跡を見に麻布を訪れた。そこで焼け焦げた土からちょこんと顔を出したヒヤシンスの芽を見つけた。

梅

荷風は紅白の梅の花も好きだった。『葛飾土産』で、年末の夜店には梅の鉢物が並べられたものだと戦前の東京を懐かしんでいる。戦後、市川に移り住んだ荷風だが、ここでも農家の垣に咲く梅花に見入っている。

昭和二十一年三月初七、陰、鶯頻に啼く、近巷の園梅到処満開なり、農家の庭には古幹に苔厚く生じたる老梅あるを見る、東京には無きものなり、籬笆茆舎林下に散見する光景おのづから俳味あり、〈以下略〉

買い物に出た道すがら、偶然茅葺屋根の軒端に梅の花が咲いているのを見て立ち止まり、花のみならず枝や幹の形をも飽きず眺める（『葛飾土産』）。江戸が東京になっても人々が梅見を忘れない時期もあった。しかし、梅の開花に春の到来を喜ぶそのような感覚は、時代と共に、都会の人にはすっかり失われたものだ……戦後日本人の花鳥草木への無関心を、荷風は憂えた。

晩年の日記には、植物に目をむけた記述が少なくなるが、そんな中でも梅花の記述だけは忘れない。最後の記述となったのは、亡くなる二年前の春だった。

昭和三十二年三月七日。陰また晴。梅花満開。午後浅草アリゾナにて食事。

蓮

荷風は蓮好きであった。

荷風の「荷」の字は蓮の花を意味する。これをペンネームに用いたのは、明治二十七年、荷風が十五歳の時。瘰癧《るいれき》治療のために下谷の帝国大学第二病院へ入院し、付き添いの看護婦〝お蓮〟に淡い恋心を抱いたことに因むといわれている（秋庭太郎『考證　永井荷風』）。

都内で蓮を観るなら、上野の不忍池だろう。荷風もここで一面に咲き誇る光景を目にしている。しかし荷風が好んだのは、池を埋め尽くす花よりも、日本画にもよく描かれる、枯れて破れた葉が広がる風景だ。見るも痛ましい葉に荷風は愛情を覚えた。そこには枯淡の趣が味い得られるからだと小説『曇天』に綴っている。

日本の蓮《ロータス》は動かし難いトラヂシヨンを持つてゐる。〈中略〉再び蘇生する事なく、一時に枯れ死して、わざ〳〵、ふてくされに、汚い芥《あくた》のやうな其の姿を曝してゐるのであらう。〈中略〉破れた蓮の葉はひからびた茎の上にゆら〳〵と動く。長い茎は動く葉の重さに堪へず已に真中から折れてしまつたのも沢山ある。揺れては触合ふ破蓮《やれはす》の間からは、殆んど聞き取れぬ程低く弱い、然し云はれぬ情趣を含んだ響が伝へられる。

『曇天』

心ありて庭に栽《う》ゑけり断腸花

此句は大正六年の春、わたくしが大久保の家の庭に秋海棠の芽ばえを植ゑたことを、手紙の末に書き添へた時、籾山庭後君がわたくしの為によまれたものである。数へると十八年のむかしである。〈中略〉

わたくしは大久保の家を去つて築地の路地裏に移る時、秋海棠の根を鉢に植ゑて携へて行つた。庭後君が断腸花の一句と、当時の生活とを忘れがたく思つた故である。然し鉢植にした秋海棠は次の年路地裏の物干台の上では芽を出さなかつた。築地から更に移つて麻布に居を定めた時、わたくしは川尻清潭君に請つて、芝公園なるその家の庭から秋海棠二三茎を取り来つて、これを入口のほとりに植ゑた。

『断腸花』

秋海棠
下手な画もかく
庭の主

葡萄酒の色に
さきけりさくら艸

「桜草」

わたくしが小学生のころには草花といへばまづ桜草くらゐに止つて、殆ど其他のものを知らなかつた。荒川堤の南岸浮間ケ原には野生の桜草が多くあつたのを聞きつたへて、草鞋《わらじ》ばきで採集に出かけた。この浮間ケ原も今は工場の多い板橋区内の陋巷となり、桜草のことを言ふ人もない。

『葛飾土産』

「秋海棠」

秋海棠の別名は断腸花。一旦は独立して家を出た荷風だが大正五年七月、父の遺した大久保余丁町の家に戻る。庭内に植えられて繁殖していた断腸花と腸の持病とを結合させ、自分の書斎を〝断腸亭〟と命名。一年後に『断腸亭日乗』が書き始められた。

コスモスや在家に似たる寺の垣
「コスモス」

コスモスの花が東京の都人に称美され初めたのはいつ頃よりの事か、わたくしは其年代を審《つまびらか》にしない。然し概して西洋種の草花の一般によろこび植ゑられるやうになつたのは、大正改元前後のころからではなからうか。

『葛飾土産』

「夾竹桃」

色町につゞく空地や夏相撲

「柿」

昼月や
木ずゑに残る
柿一ッ

食糧難の中、熟した柿やコロ柿をよく食した。その実のみならず、柿の葉に隠れるようにして咲く、薄黄色い花の美しさも荷風は愛でた。

夏になると、荷風の日記には夾竹桃がよく登場する。また、夾竹桃よりやや遅れて花が咲く百日紅も、盛夏の頃によく登場する。花の形状は異なるが、艶やかなピンク色をしていることが共通する。露草や紫陽花のような紫色の花が好きだと荷風は日記のなかで書いているが、愛らしいピンク色の花も好きだったのだろう。疎開先の岡山で迎えた終戦の日、荷風は農家の庭に咲く夾竹桃を見ていた。

「日乗」の断片

月の夜

5

中秋の名月といわれる十五夜や、豆名月の十三夜には、荷風は必ず月見を楽しんだ。普段も夜道を歩くことが多かったから、今より余計な明かりが少ない当時のこと、自然と月は荷風の目に留まった。

『断腸亭日乗』は、草花について月の記述も多い。夕食を自宅でとった後に、わざわざ月を見に出かけている。また、疎開中も見知らぬ土地で夜空を仰いだ。空腹と寒さに震えながら冴え渡る月を眺めた時もあった。さまざまな場所で荷風は月を見て、数々の俳句も詠んだ。

寒月やいよ〳〵冴えて風の声
木犀の香を待つ宵の月見かな
空腹にしみ込む露やけふの月
月も見ぬ世に成り果て、十三夜
虫の音も今日が名残か後の月

昭和七年一月の日記には、陰暦の十五夜の丸い月を、堀切橋近くの堤から見た月景色の絵を書き添えている。

月の記述は重複することのないようにと、その表現法にも工夫がほどこされた。荷風の語彙の豊富さがうかがえ、それを探りながら『断腸亭日乗』を読むのも楽しい。

「枯蘆の茂り稍まばらなる間の水たまりに、円き月の影盃を浮べたるが如くうつりしさま絵にもかゝれぬ眺めなり」と感歎し、その様子を絵に残した。

『断腸亭日乗』読後雑記

偏奇館から唯一、持ち出した『手革包』。
戦争中も清書途中の日記とメモ・草稿類を
この中に入れ、地方へ疎開した。

日記というもの

「日記というものはつまらない記事のあいだにときどき面白い箇所がある。そういう風にしなくては味がありません」と荷風は語る（中村光夫『《評論》永井荷風』）。

四十二年の長きにわたって書き続けられた『断腸亭日乗』。「日乗」は「日記」のことだ。連綿とした日々の記録でありながら、読む者を決して飽きさせない。本人が言うところの「面白い箇所」を巧妙に仕立てながら、さらりと書いてのけた荷風一流の「味」が魅力なのだ。

荷風が目指したのは、成島柳北（注）の日記。荷風によれば、「学者でもあり、政治家でもあり、それに粋人ですから着物のことでも、食べ物のことでも実にくわしく書いてあります。柳営の内干しのことや、そのあとで食事をいただく献立までくわしく書きとめてある。明治になつてから向島へ家を建てる普請の入費、大工の手間から材木の値段まで明細につけてありますよ」（『荷風思出草』）。

柳北同様、荷風も日々の大事から雑事までのあれこれを、執拗に書き記した。読者は私生活をのぞき見るように荷風の行動を追い、暮らしぶりに思いを馳せることができる。例えば、絶大な人気を誇る小説『濹東綺譚』の末尾には「昭和十一年丙子十一月脱稿」とあり、『断腸亭日乗』の中に執筆の一部始終をたどることも出来る。

昭和十一年九月二十日　日曜日　今にも大雨降来らむかと思はれながら、暗く曇りし空よりは怪し気なる風の折々吹き落るのみにて、雨は降らず、いつもより早く日は暮れ初めたり。晡下家を出で尾張町不二あいす店に飰す。日曜日にて街上雑遝甚しければ電車にて今宵もまた玉の井の女を訪ふ。この町を背景となす小説の腹案漸く成るを得たり。驟雨濺ぎ来ること数回。十一時前雨中家に帰る。

〔欄外朱書、ただし九月廿一日の欄外にあるべきもの〕濹東綺譚起稿

あるいは真珠湾攻撃の翌日、太平洋戦争勃発後の『日乗』。

昭和十六年

十二月九日。くもりて午後より雨。開戦の号外出でゝより近鄰物静になり来訪者もなければ半日心やすく午睡することを得たり。夜小説執筆。雨声瀟々たり。

十二月十一日。晴。後に陰。日米開戦以来世の中火の消えたるやうに物静なり。浅草辺の様子いかゞならむと午後に往きて見る。六区の人出平日と変りなくオペラ館芸人踊子の雑談亦平日の如く、不平もなく感激もなく無事平安なり。余が如き不平家の眼より見れば浅草の人達は尭舜の民の如し。仲店にて食料品をあがなひ昏暮に帰る。

「尭舜」とは古代中国で徳をもって天下を治めた聖天子「尭」と「舜」の二人のこと。『断腸亭日乗』は大正から昭和、戦前から戦後までの一個人の暮らしぶりばかりでなく、時代や世相の移り変わりも追体験できる。

外出時には小さな手帳を必ず携帯し、

見聞きしたことを鉛筆でメモやスケッチした。帰宅すると、お茶を飲むため炭をおこして薬罐をのせ、湯が沸く間に手帳を読み返し、下書きのノートにその日の「日乗」を完成させた。そして和紙の原稿用紙に、流麗な筆跡で清書し、和綴じの製本を自ら施した。

　荷風がなにもせず、家にこもるのは病気の時くらい。還暦、古希、そして喜寿まで迎えて、実年齢と体力の衰えを考えれば信じられないほど好奇心旺盛に街を歩いた。大勢に流されず、あえて背を向けて、奔放な生活を送ったことが日記からはうかがえる。死とともに完結する『断腸亭日乗』は、永井荷風の人生であり、日々の記録を芸術にまで昇華させた大作だった。

注●成島柳北（なるしま　りゅうほく）文筆家　天保八年（一八三七）～明治十七年（一八八四）。幕末期の幕臣だったが、幕府上層部を狂歌で風刺し解任される。以後、文筆家となり、著書に『柳橋新誌』などを残した。また、十七歳の時より日記をつけ、肺を病んで四十八歳で亡くなるまでに、二十八冊の日誌を記した。

・と○の意味

『断腸亭日乗』を読むとき見逃せないのが、日付の上につけられた・（テン）や○（マル）の印。

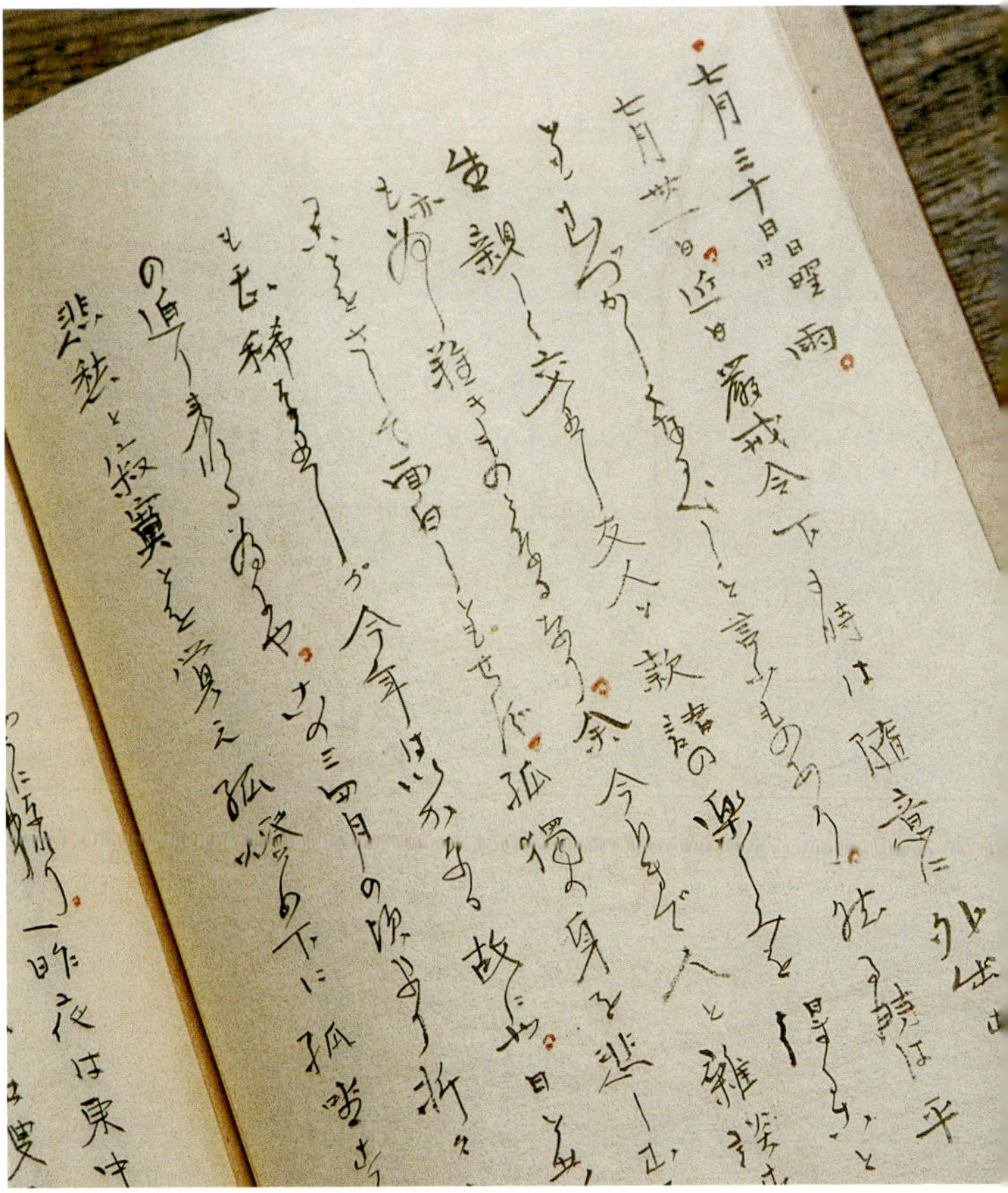

戦争中、荷風は杵屋五叟氏に『断腸亭日乗』の保管を依頼した。そこで五叟氏は御殿場に住む知人の杵屋弥十郎氏に預ける。受け取った帙入りの和綴じ本を弥十郎氏はブリキの缶に入れ、土中深く埋めて戦火を免れた。「これ（『断腸亭日乗』）で文化勲章をもらった」と荷風も自認していたという。

秋庭太郎の『考證　永井荷風』によれば「・印は何事を意味した日か明かならぬが、・印の条々には概ね女性に関係ある記載であり、少くも艶福にか、はる日であつたに相違あるまい」。

　この・（テン）や○（マル）は、最初か

らつけられていたものではない。昭和四年三月二十二日から始まり、最後は荷風七十八歳の昭和三十二年三月十八日。

直筆を写真におさめたので、ご覧いただきたい。この昭和二十三年一月四日、荷風は小岩に出かけた。市川に移り住んでから一年ほどして通いはじめたのが小岩の私娼窟・東京パレスだった。昭和二十二年二月二十五日の日記に、荷風自身が私娼窟の様子を記録している。

戦争中精巧社（ママ）工場及び寄宿寮ありし処今は広大なる建物を其まゝ亀井戸より移来りし私娼の巣窟となれり。セメントの門に東京パレスの名を掲げ玄関口に花柳病診察所。傍に舞踏場あり。毎夕五時より開場、女毎夕三十人ヅヽ必店を張ると云。〈中略〉去年十月までは米兵の出入頻繁なりしが、今は日本人を客にするばかり。半時間金百円一時間二百円。一泊夜九時より八百円、十一時頃より六百円と云。

通い詰めた理由は「西洋流に女と遊べたので興味があつたから」（『荷風思出草』）。小岩へ出かけた日には、・や○のほかに、∨印や◎印が振られることもあった。他の箇所を見ても、確かに秋庭氏が語るとおり、女性の影が見え隠れする日に付いている。

己の足跡を他人に見せて愉しませ、想像をかき立てて、謎を残しておく。あるいは、余人を立ち入らせない、記録者だけの〝聖域〟ともとれる。西洋で仕込み、日本社会で磨き抜いた荷風の徹底した個人主義と彼独特の韜晦ゆえの「謎」、そして空白。これもまた『断腸亭日乗』の「面白い箇所」のひとつであり、荷風一流の「味」つけに違いない。

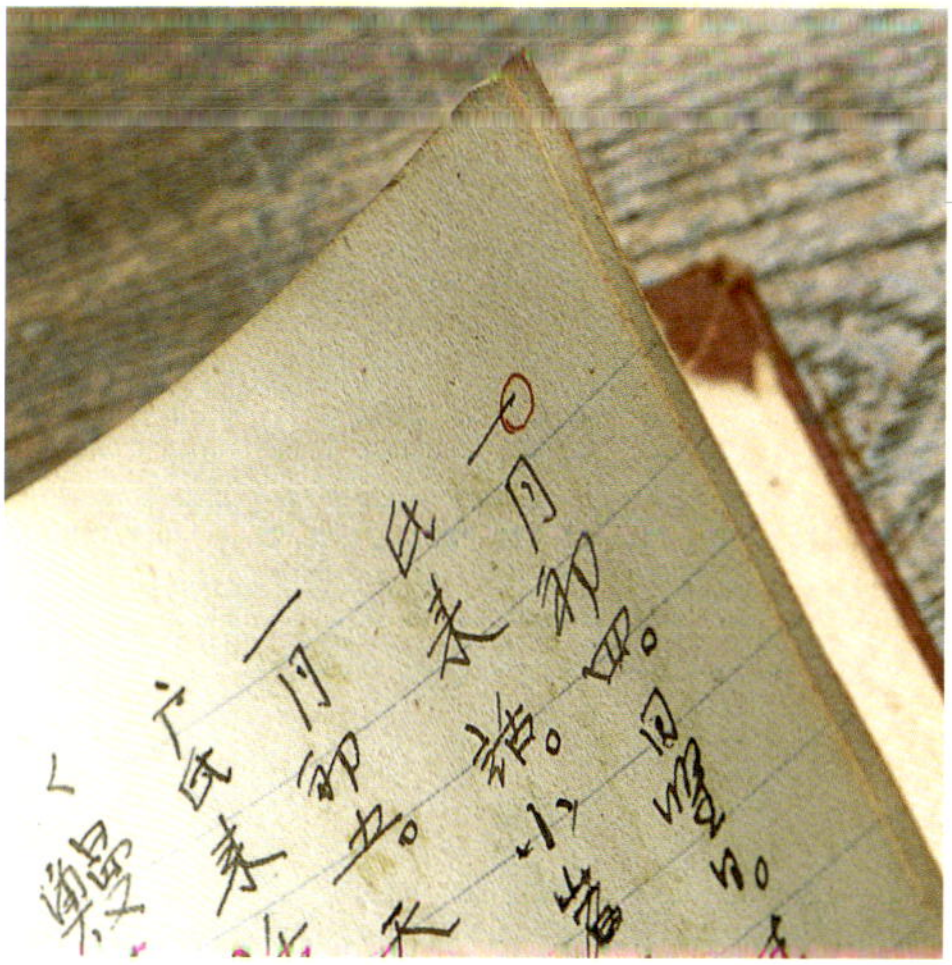

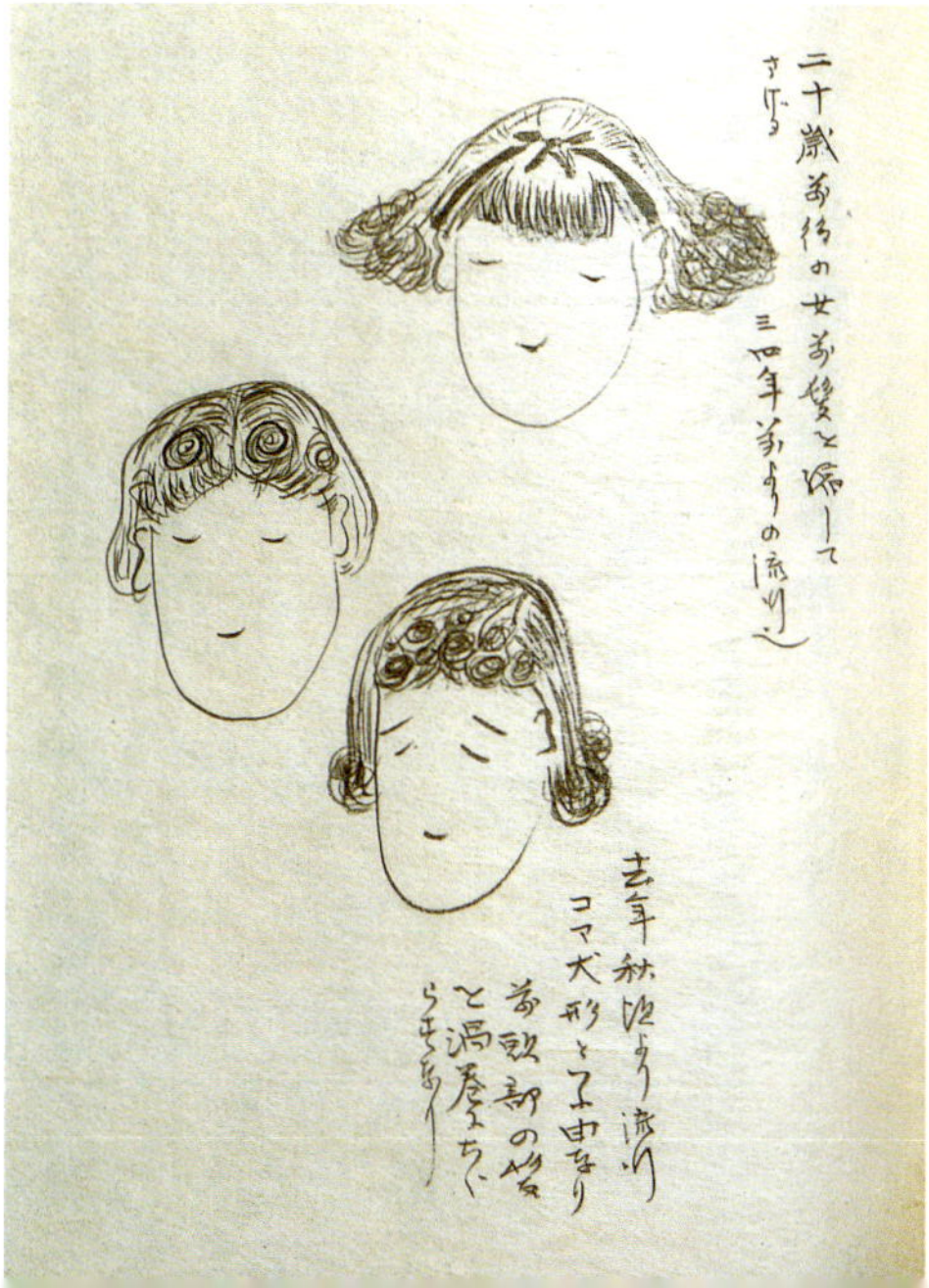

女性のファッションも観察し、流行の服装やヘアースタイルなどのスケッチが残された。

「日乗」の断片

三通の遺書

6

父は六十歳、母は七十六歳で他界した。病弱な自分は、まさか両親よりも長生きはできないだろうと、荷風は若い頃から固く信じていた。だから四十一歳の時に、流行風邪にかかってしばらく寝込んだとき、万一のことを考えて遺書を作成している。

大正九年正月十九日。病床万一の事を慮りて遺書をした丶む。

荷風は、生涯に三度、遺書を作った。大正九年に続き、昭和十一年二月二十四日には別の草案を用意した。「御神輿の如き霊柩自働車を好まず、又紙製の造花、殊に鳩などつけたる花環を嫌ふため」葬式は無用。墓石の建立も無用。銀行の預金で全集を印刷して知己に配ること、それ以外の財産は「仏蘭西アカデミイゴンクウル」に寄付することなどが記されている。

そして最後の遺書は昭和十六年一月十日、「深夜遺書をした丶めて従弟杵屋五叟の許に送る」。

この遺言書の日付は、昭和十五年十二月二十五日となっていて、杵屋五叟こと大島一雄宛で「荷風散人死後始末書」と題した書類を郵送した。二通目との大きな相違は五叟・大島一雄の子孫の一人に家督を相続させること、寄付は一切しないこと。葬式と墓石は無用であることは再度、記した。

荷風が死の床に就くのは、「死後始末書」をしたためてから十八年後、昭和三十四年のことだった。『断腸亭日乗』は臨終の一日前まで書き記され、最晩年の様子がわかる。この年も元旦から二月末日まで、荷風はこよなく愛した街・浅草へ連日通い詰める。そして最後の浅草——。

三月一日。日曜日。雨。正午浅草。病魔歩行殆困難となる。驚いて自働車を雇ひ乗りて家にかへる。

以後、浅草行きは途絶え、病床に伏す。荷風を襲った「病魔」は長年の胃腸虚弱の末の胃潰瘍だった。

三月二日。陰。病臥。家を出でず。
三月三日。晴。病臥。午前淩霜氏小山氏及東都書房店員来話。
三月四日。晴。病臥昨日の如し。
三月五日。晴。病臥。小林来話。
三月六日。細雨烟の如し。風邪未だ痊えず就床読書。

翌日の七日も「病臥」だったが、少し快方に向かったのか「午後大黒屋に一酌す」とある。この後、三月十一日から二十日までの十日間、「正午大黒屋」「大黒屋晩食」と続き、自宅から徒歩一分の定食屋で毎日、お決まりのカツ丼を食べている。文字数は減ってくるが、死の影が忍び寄っても、『断腸亭日乗』は特に変わらない。日付と天候で始まり、淡々と綴られる。来訪者があった日は「小林来話」「相磯、小山、東都書房店員来話」「小林来る」……。

四月廿九日。祭日。陰。

四十二年にわたり書きつづけられた『断腸亭日乗』の最後の一行である。終幕だった。

死後は荷風の思い通りの「始末」とはならなかった。文化勲章を受章した作家となれば、国家と世間が放っておくわけはなかった。

天皇陛下から祭祀料の新札三千円が下賜され、通夜や告別式には大勢の人がつめかけた。葬儀委員長は絶縁状態といわれていた弟の威三郎氏が務めた。遺骨は、両親が眠る雑司ケ谷墓地の、「永井荷風墓」という墓石の下に納められている。

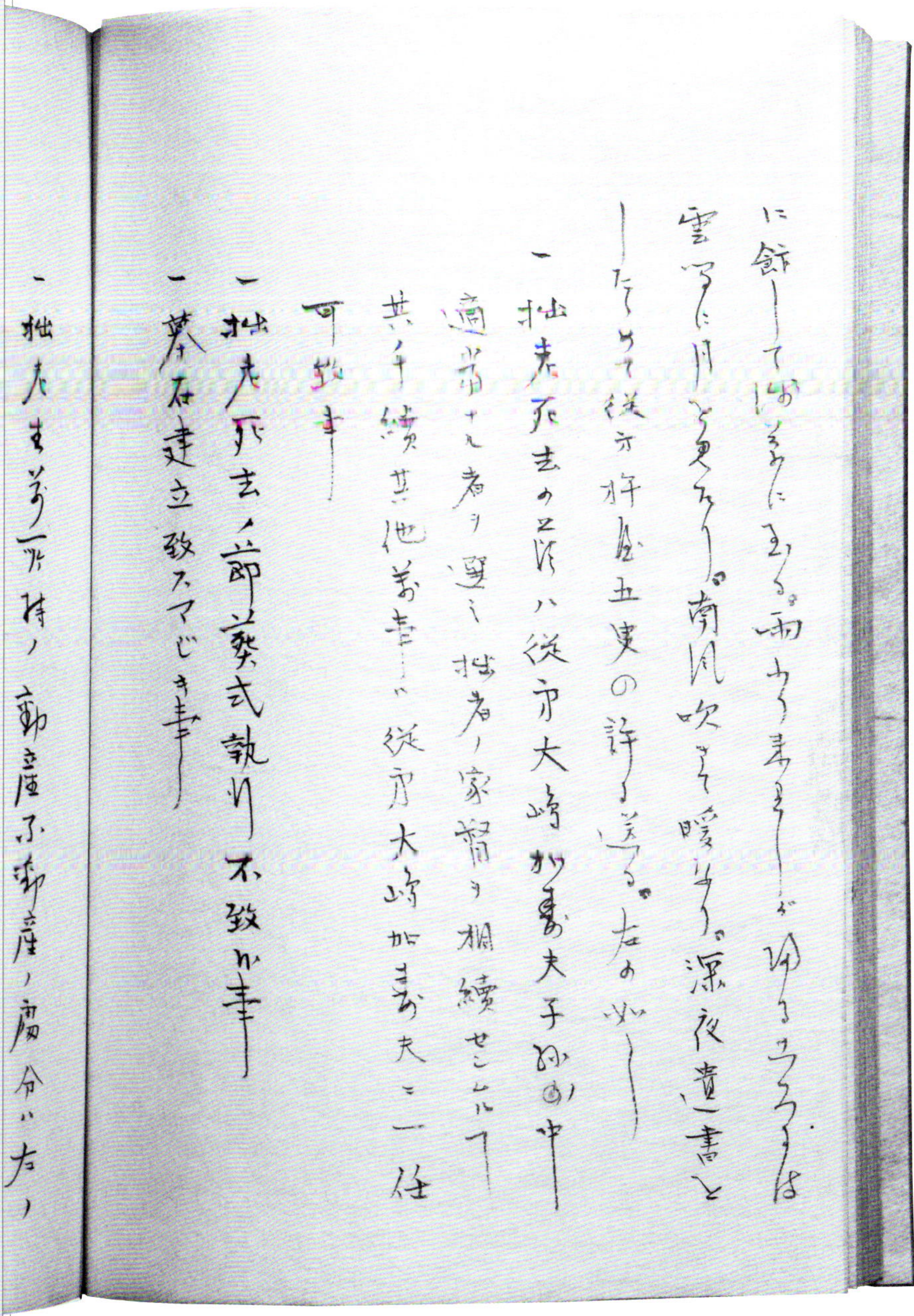
に飾しておくに至る。雨やみしが暮るゝころは
雲間に月を見たり。南風吹きて暖なり。深夜遺書を
したゝめて従弟杵屋五叟の許に送る。左の如し
一 拙老死去の節ハ従弟大嶋加寿夫子供の中
適當なる者ヲ選ミ拙者ノ家督ヲ相續せしむへし
其手續其他萬事ハ従弟大嶋加寿夫ニ一任
可致事
一 拙老死去ノ節葬式執行不致候事
一 墓石建立致スマじき事
一 拙老生前所持ノ動産不動産ノ處分ハ左ノ

昭和34年4月30日、他界。死亡推定時刻は午前3時頃。「故人の遺志を尊重して葬式をやらないか、あるいはやるべきか、で大分もめた」と永光さんはいう。結局5月1日が通夜、告別式は2日午後1時から八幡の自宅で執り行われた。「荷風がどんなところに住んでいたのかと興味があったらしく、近隣も含めてたくさんの人が詰め掛け、家の前の路地は人一人通れないほどでした」。荷風の遺品は、遺書どおりに家督を継いだ永光さん夫妻の手によって、大切に管理・保存されている。

《再録》

ぬれずろ草紙

永井永光

構成……木村幸治

「春本濡ズロ草紙を草す。亦老後の一興なり」――。『断腸亭日乗』に親しむほど印象に残り、また謎めいたひと言だ。死後に発見され、全集にも未収録の「春本」を永光氏が回想と共に公開する。

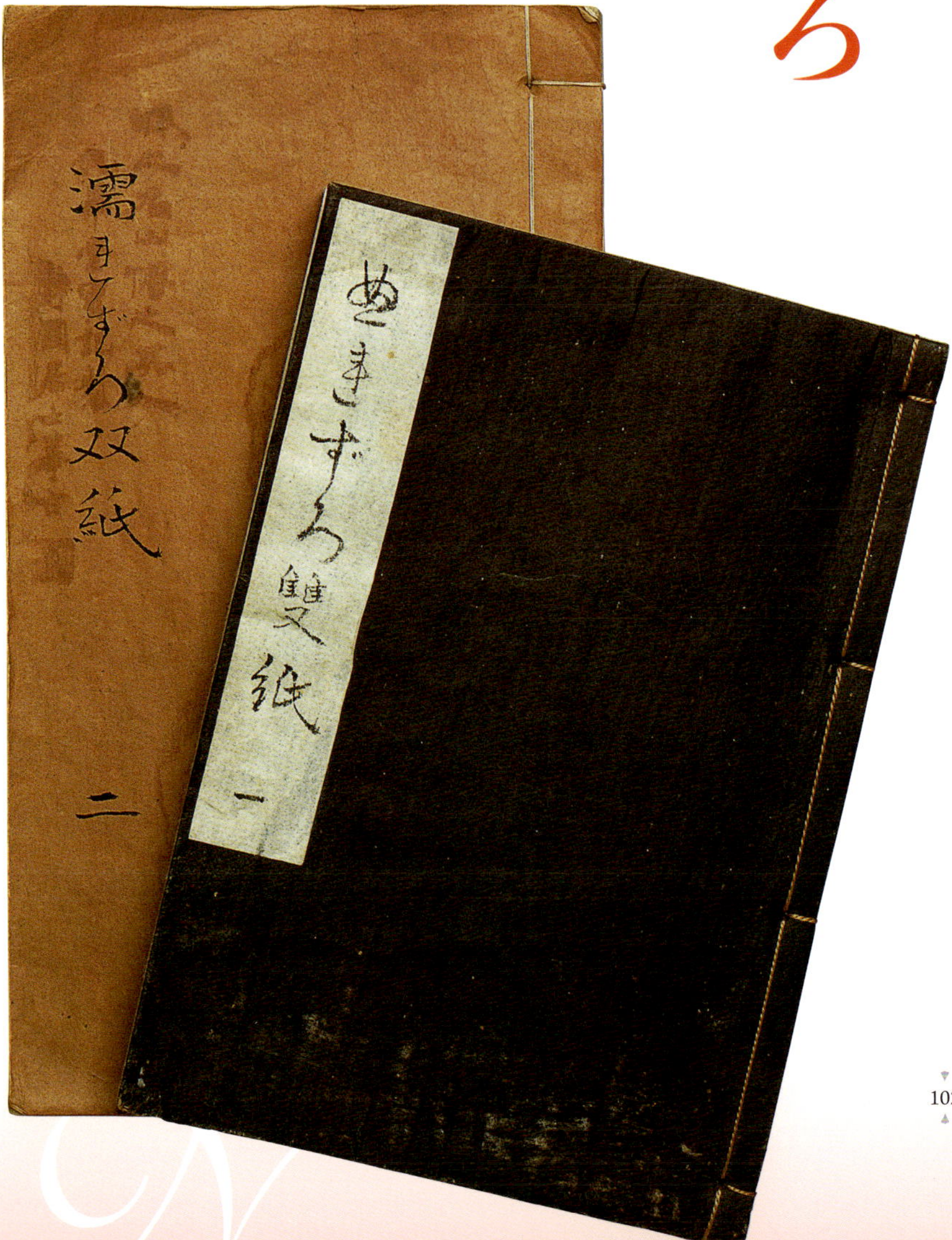

Nurezuro

いたずら草紙

その一

わたしはあきんどで生活はしてゐるぱん〳〵ぢやありませぬ。だけどあめりか人と遊んでの休戦《きふせん》よりなあると聞《き》もなかり時分のさゞですかね。我の方なぞ人並よりも早い方でせうよ。まづ闇の女

「春本濡ズロ草紙を草す。亦老後の一興なり」

新幹線が初めて東京大阪間に走った年だったから、昭和三十九年のことだ。私はわが家の小さな庭の隅にテントを張り、一年二ヵ月ばかりそこで暮らした。父永井荷風が逝ってのち五年目を迎えていた時だったが、その死の翌日から妻子と住んできた家を少しばかり弄《いじ》ったのである。

荷風が生前寝起きした六畳の書斎はもちろんそのまま残したし、他の間取りも変えなかった。家族が休む部屋を二階部分として増設したのがひとつ。もうひとつは（実はこの作業が家いじりの大きな目的だったのだが）、ちょっと一般の家には見られないほど大きなものを書斎の南側にくっつけて建てた。

金庫である。タタミ二・五枚分ぐらいの広さがある、大人でもその中で立てる大きさの容積にした。内と外とから耐火煉瓦を張った外壁の中心の素材は鉄筋コンクリートである。しめて厚さは三十センチにはなった。扉は鋼鉄の二重にした。内も外も厚味は二十センチほどだが、中のほうの中央には一の字の下にマル三つをあしらった永井家の家紋「長門一の三ツ星」を入れた。

そんなバカでかい金庫に何を入れるのだと思われる人もあるかもしれない。少くとも私の所有する金は入れてはいない。細かに数えたことはないが、三千点近くはあると考えられる荷風の遺品が入っている。たとえば荷風が愛用した長さ七十七センチ、幅四十九センチの文机《ふづくえ》、筆、硯（谷崎潤一郎氏から送られたものもある）、火鉢、コウモリ、裁縫道具一式、カフスボタン、ネクタイ、印鑑、電気スタンドなどの生活必需品があるし、彼が書き遺した原稿、極細の和筆できれいに浄書された和綴じの『断腸亭日乗』ほか、荷風真筆のさまざまな遺作がここに収められている。

金庫の扉は、したがってよほどのことがなければ開くことがない。紙が虫にやられることがないよう、ごくたまに曝書《ばくしょ》（書物の虫干し）するために開ける。出版社から資料の閲覧を求められたときにロックを解く。それとても一年に一度あるかなしかである。

金庫の存在は、わが永井家にとって他のなににもまさるもので、これを私自身の設計によって作って以来、一日たりとも私の脳裏から離れたことがない。妻元子も私も万一の火災や盗難からこれを守るために、家を留守状態にしないことを実行してきた。

その金庫の扉を、ひょんなことから開け放すことになった。昨年十月二十三日、新潮社のT氏がわが家に訪ねてきたのである。二十七歳の若さだが、わが一人息子壮一郎とほとんど同じころ一児の父となったというT氏は大きな目を私の顔からそらさないまま言った。

「永井荷風の『断腸亭日乗』を読んでいますと、その昭和二十三年一月三日のところにこんな箇条がありますね。〝正午混堂より帰り春本濡ズロ草紙を草す。亦老後の一興なり〟……混堂とは銭湯のことでしたね。大正六年九月十六日、三十七歳のときにはじめてから、死の前日つまり昭和三十四年四月二十九日まで四十一年と七ヵ月あまり　日も休まず日記を書いた荷風は、日記に異様なほど執念を燃やした人だったと思うんです。でも、あの日記には『ぬれずろ草紙』がいつ執筆完了したかが出てきませんね。しかも作品が世に問われてもいない。この『ぬれずろ草紙』は本当に書かれたのでしょうか。もし書かれたとすれば、それはどこにあるのでしょう。もしかしてこの金庫のなかに入っているような　しけ……」

私はT氏の顔を見た。嘘を言葉にして返す勇気が私にはなかった。

「あります、この中に」

という文句が自然に口からついて出た。数分後、『ぬれずろ草紙』はT氏の両手のひらに載った。

ぬれずろ草紙　その一

わたしはあそこで生活をしてゐるぱん〳〵ぢやありませむ。だけどあつちの人と遊んだのは休戦《きゆうせん》になると間もない時分のことですからね。その方ぢや人並よりも早い方でせうよ。まだ闇の女だのぱん〳〵だのとそんな名前さへきかなかつた時分ですもの。わたしは戦争中から築地の電車通におつかさんと二人で家を借りてゐたんです。好いあんばいに焼けなかつたんですが旦那はわたしと結婚して半年ばかりで出征すると間もなく戦死しました。ですから休戦にならない中から誰かい丶人を目つけて再縁しやうと思つてゐたんです。家にぶら〳〵してゐても退屈ですから銀座の或雑貨店へ売子になつて通つてゐました。休戦になつたのは御存じの通八月十五日でわたしが銀座へ通い初めたのはそれから半月ほどたつてからです。尾張町の地下鐵だの有楽町の驛だの日比谷の公園なんぞは昼間から男でも氣まりがわるくつて通れないくらいだといふはなしがまだ珍らしさうに噂をされてゐる最中でした。わたしは良人が出征してからざつと二年ばかり何もしないでゐたんですからそんなはなしをきくと身體中《からだぢゆう》がむづ〳〵してたまらなくなつて来るんです。或日店のかへりがけです。一人数寄屋橋から日比谷のお堀端の方へ行つて見《み》ました。夕日の照りつける暑い日です。成程話にきく通りぞろ〳〵歩いてゐる亜米利加の兵隊で日本の女をつれてゐないものは一人もゐないやうな景氣です。堀端の柳の木の下に抱かれてしやがんでゐる女もあります。歩きながら接吻するのもあります。わたしはもう胸をどき〳〵させながら桜田御門の近くまで歩いて行くと願つたり叶つたり後《うしろ》からハローと呼びかけていきなりわたしの腕をつかまへてくれたものがあります。何と言《い》つたらいいのか分《わか》りませんからわたしもハローと言つて笑ひながらその腕にぶらさがり一寸キッスしながらいつしよに歩いていくと、米兵はポケットからチヨコレートを出してわたしの口へ入れてくれたり巻烟草に火をつけて吸はせたりします。年は分りませんが二人とも二十五六かと思はれました。桜田門の橋の欄干にもたれて抱きよせながらいろ〳〵話しか

まん。年は分りませんが二人とも二十五六かと思はれました。
桜田門の橋の欄干にもたれて抱きよせながらいろ〳〵
話しかけるんです。言葉《ことば》は聞えませんが其様子や話
の調子でいくらで言ふことをきくのかと云ふことだけは分り
ません。二人で交りじ〳〵するのかどう話をつけたらうと思
つてもきくわけには行きませんから何でもかまはないから言ひ
なり次第になるつもりでイエース　イエースと云ふと二人は二言

まゝを見送りながら残つて二人はわたしの腰をかゝへて見附の中へ入《はい》り松の木の立つてゐる土手に登り草の上に腰しわたしが蹲《しやが》むのを遅《おそ》しとスカートの下からヅロースの間へ指先を入れまする。わたしは何しろ二年ぶり男にさはられるのは其日が初てゞしたから觸《さわ》られたゞけでもたまらない氣がして男の胸の上に顔を押付け息をはづませ奥の方へ指が入《はい》るやうにぐつと両方の足をひろげる始末です。米吉は

けるんです。言葉《ことば》ハわかりませんが其様子や話の調子でいくらで言ふことをきくのかと云ふことだけは分ります。二人で交りぐ〵するのかどうするつもりだらうと思つてもきくわけには行きませんから何でもかまはない言ひなり次第になるつもりでイエースイエースといふと二人は二言三言話し合つて一人は公園の方へ行つてしまひました。それを見送りながら残つた一人《ひとり》はわたしの腰をかゝゑて見附の中へ入《はい》り松の木の立つてゐる土手に登り草の上に腰をおろしわたしが蹲踞《しやが》むのを遅《おそ》しとスカートの下からヅロースの間へ指先を入れました。わたしは何しろ二年ぶり男にさはられるのは其日が初てでしたから触《さは》られただけでもたまらない氣がして男の胸の上に顔を押付け息をはづませ奥の方へ指が入《はい》るやうにぐつと両方の足をひろげる始末です。

四百字詰原稿用紙に書き改めれば、おそらく七十枚は下るまいと思われる〝中編小説〟の書き出し部分である。

主人公は絹子という名前の戦争未亡人である。その彼女が終戦から半月ほどたって、売子として銀座の雑貨店に勤めていた過去を、独白しながら振り返る形でドラマは展開していく。

時は昭和二十年の夏ごろ、舞台は皇居付近である。夫に死なれ、男と関係することなく二年の歳月を送ってきた絹子は、東京に進駐してきている米軍兵たちが、日本人女たちと奔放な性の遊戯にふけっている噂をかねてから耳にし好奇心を膨らませていた。

そしてある日、彼女の好奇心はその対象に向って勇猛な接近をはじめる——。

荷風文学に慣れ親しんだ読者のなかには、これが本物かと疑われる方があるかもしれない。が、まぎれもなく荷風の肉筆である。同じ金庫にしまい込んである種々の遺稿の筆跡と比べてみてもそれは明らかだ。ペン字や鉛筆文字はヘタだったが、ひとたび毛筆を握れば流麗でしかも凄味のある字を書いた荷風の面目が、セロファンのように透けて見える上質の和紙の上で躍如としている。

文章はこうつづいていく。

米兵は毛の生《は》へた太い指を三本束《つか》ねて中の方へさし込みながら手早く片手でヅボンのぼたんをはづしわたしの手を取つてさはらせるのです。わたしは無論やれるだけやらせる氣でゐたんですがあつちの人の物は大き過ぎはしないか。受けきれなかつたらどうしやうと内々その事ばかり心配してゐた矢先ですから触《さは》らせるのをこれ幸とまづその大きさを計らうと思つて根本の方から軽く一握りして見ると、思つたよりは太くはないやうですが長さは棹だけでもわたしの手で一握《にぎり》半からあります。大きな亀頭《かり》まで計つたらたしかに二握ではきかないでせう。こんな長いのをぐつと入れられたらすぐに子宮へとゞいてあがきが取れなくなりはしまいかと恐しい氣がするものゝ今更どうすることもできません。出来ることならいぢつて氣をやらせてしまはうと横着な氣を起して、わたしはそつと掌《てのひら》を唾《つば》でぬらし柔に握つて静かにしごくやうにしてやると男はとても堪《たま》らないといふやうな聲《こゑ》を出し両手でわたしの顔を押へ一物《もつ》をわたしの口のところへ押付《おしつ》けました。西洋人は口でするのが好《す》きだと云ふはなしはとうからきいてゐました。それにまた戦死した家《うち》の良人《ひと》もお互に口でするのが大好で、いろ〳〵変つた方法も能く知つてゐましたから長いので無暗に子宮をつかれるよりは口でしてやつた方が安全かも知れないとさう思つてわたしは目をねむり指先二本に一物《もつ》を持添《もちそ》へ口に入れて動しながら舌の先で鈴口をくるり〳〵と嘗《な》めてやりました。彼のよがることは非常です。両手でわたしの首《くび》をぎゆつと動かないやうに持ち頻に腰をつかつてゐる中いきなり氣をやられたからたまりません。二握半からある長いのですからわたしの咽喉の奥までとどいたかと思ふ途端一度にしこたまどきどきと……

主人公は御時世にふさわしく、妄想する女から行動する女へと変身した。その様変りのす早さは徹底している。夫の死というきっかけがなくっても、彼女にとっての人生の目的は性の享楽という一点に収斂するしかなかったように、米軍兵の肉体に激しく挑みかかっていく。やがて『ぬれずろ草紙』のタイトルを彷彿とさせる次のような光景が繰りひろげられる。

米兵はわたしが掌《てのひら》で口元や頬辺《ほつぺた》についた淫水を横《よこ》なでに拭いてゐる中ヅボンのボタンをかけ百圓札をわたしに握らせそれなり土手を走り下り見附の方へと行つてしまひました。わたしは亂れた髪を撫ぜ上げながら立たうとすると、ズロースがべた〳〵になつてゐて心持がわるくて仕様がありません。毛深い指でさん〴〵くぢられ催しきつてゐるところへいきなり口の中でしたゝか氣をやられたんですから此方《こつち》も留度《とめど》なく出したと見えて内股一面べた〳〵です。そして今になつて見ると無暗に物足りない氣がしてどうにもなりません。半分行きかけた時抜かれてしまつたやうな心持です。わたしは蹲踞《しやが》んでズロースをぬぎ一人で自分の前をくぢり初めました。誰《だれ》も居る氣づかひはないと思つてひとりでいゝのヨ〳〵と言ひながら腰をつかつてゐると、ふと同じやうな女のよがる聲が耳に入《はい》つたのでびつくりしてあたりを見廻すとすぐ後《うしろ》の松の木の下でいつの間《ま》に来たのかわたしと同じやうな薄地のワンピースを着た女が米兵の膝の上に抱き上げられ日本風で言へば居茶臼の形でアラいゝのいゝのと日本語で泣きながら氣をやつてゐる最中です。米兵は膝《ひざ》までヅボンをぬぎおろし、女はワンピースとシユミーズと一ッに背中の方までまくり上げられてゐるので此方《こちら》から見ると馬乗りになつた女が腰をつかふたび〳〵男の一物が抜けさうになつてばぐッと入るのが眞白な女のお臀《しり》の割目《われめ》からまる見えに能く見えるのです。淫水が棹をつたはつてにちや〳〵男の腿《もゝ》の上に流れます。女は男の肩の上に顔を押當て片息になつて暫く腰の動きを休ませてゐましたから両方とも氣をやつて一度すんだのだと思ふと、どうでせう、またしても女の方から腰をつかひかけるぢやあり

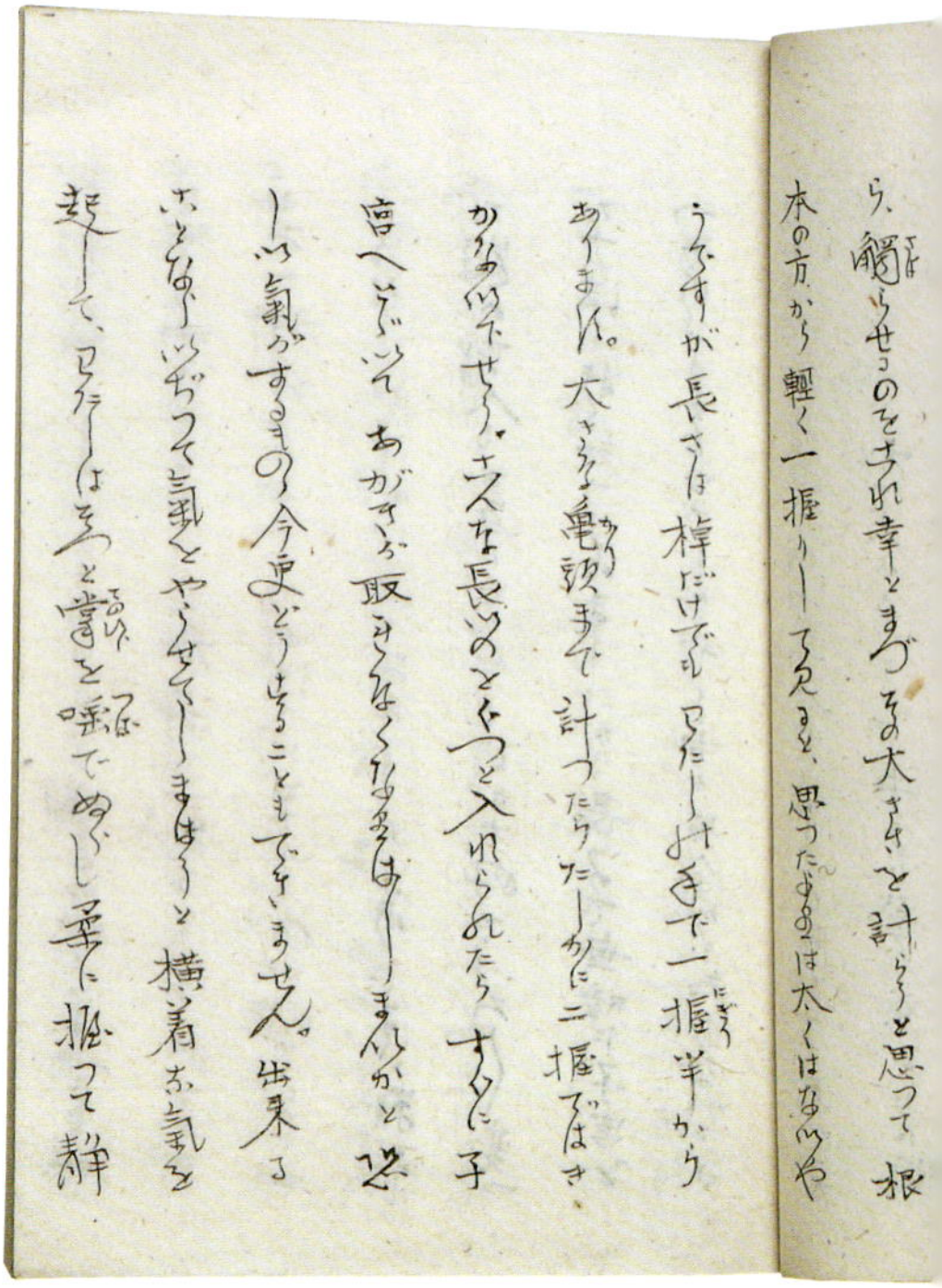
ら、觸らせるのを寧ろ幸とまづその大さを計らうと思つて根
本の方から輕く一握りして見ると、思つたよりは太くはないや
うですが長さは棹だけでもわたしの手で一握半から
あります。大きな亀頭まで計つたらたしかに二握ではき
かないでせう。こんな長いのをぐつと入れられたらすぐに子
宮へとゞいてあがきが取れなくなるのぢやないかと恐
しい氣がするものゝ今更どうすることもできません。出来る
ことならいつそ氣をやらせてしまはうと横着な氣を
起して、わたしは又と掌を唾でぬらし再び握つて靜

ませんか。わたしは立たうと思つても立上れません。後《うしろ》から見るとその女はおしりだつてさほど大きくはないし、からだも私よりかずつと小柄なのに居茶臼《ゐちやうす》で米兵の長いのを入れてあんなに好《よ》がりぬいてゐるのを見ると、わたしも早くさうすればよかつた、口で尺八なんぞしてやらずまともに入れて貰へばよかつたさう思ふと羨しくなつて残念でたまりません。黒ン坊でも何でもいゝから来てくれないか知らと蹲踞《しやが》んで指三本入れながら、向の女がまたしても續けざまに好《よ》がりぬいた後《あと》仰向きに倒れて男を上に載《の》せかけまう一度やつてしまふまで傍目もふれずに見てゐました。あたりは大分たそがれて来ましたが誰も来てくれさうな様子もないので、わたしはべたついたズロースをハンドバックの中に押込み手をふきふき土手を下りて楠公の銅像の方へと歩いて行きました。夕月が出て涼しさうなその邊の木かげや芝草の上にはあつちにもこつちにも米兵と日本の女とが抱合つたり寝転《ねころ》んだりしています。拭いた紙だの使《つか》つた後《あと》のサックが歩く道の上に掃くほど捨てゝあります。足袋なしのサンダルでそれを踏んづけて歩くだけでもいゝ加減に氣がわるくなります。

絹子は歩く。馬場先門の辺りまで来ると男と女が秘そやかに逢引している声が方々からかすかに耳にとどく。彼女は全身を使わずに、口だけで済ませた男との交りに、後悔する。すると、米軍兵と〝パンパン〟を専門にする女とが、真面目顔で交渉している場面に出逢う。絹子が見ている前で、二人の話は決裂した。黙って、彼女は若い兵士の顔を見た。声がかけられた。「百円でいい?」。絹子は黙ってうなずいた――。

この作品を読んでいると、絵の大家たちがその創作活動のかたわら〝春画〟をものにしていることがよくある、というエピソードを思い出す。生前の荷風もいっていた。「好色文学のひとつくらい世に残さないといけない」と。

〝春画〟や〝春本〟を秘蔵すれば、魔除けや厄除けになるという話はよく聞くところだ。荷風はそれを意図してこの『ぬれずろ草紙』を書いたのだろうか。

私には、単にそれだけとは思えない。T氏も指摘したとおり、荷風ファンの間では有名な一行になっている昭和二十三年一月三日の日記には「老後の一興なり」とある。

この言葉には、こころなしか私の心を神妙にさせる力がある。孤独に徹した人生を選び、だれもいない部屋で死んだ人間永井荷風を知っている私には、その侘しさのなかの〝一興〟が、どんな性質のものだったか心にかかるのである。

『ぬれずろ草紙』の一部分をいま公開するにあたり、父荷風と私との四十二年間を振り返ってみたいと思う。その年数は、私が荷風の養子になった昭和十九年三月二十二日から今日までの歳月をさす。私たちが親戚の関係から父子の縁に転じた日、荷風は六十四歳、私は十一歳。父子であるよりは祖父と孫といっていいほど年が開いていた。

全集からは除外された

永井荷風、本名壮吉は明治十二（一八七九）年十二月三日、東京市小石川区金富《かなとみ》町四十五番地（現在の文京区春日二丁目）に長男として生まれている。

その父永井久一郎は文部省の官吏で、若かった荷風をアメリカ、フランスに遊学させた人だが、弟に久満次がいた。やはり官吏で台湾総督府に勤めた男である。この久満次は永井家から大島家に養子に入り、長男一雄をつくる。一雄が私の実父である。

一雄は杵屋五三郎門下に入り〝杵屋五叟〟と名乗って、長唄の師匠となった。

この父が、二十六歳年長の〝本家〟の荷風と仲がよかった。荷風は自分ひとりを信じて生きてきた男である。弟貞二郎や威三郎のほかに幾人もの親戚がいたのに、ほとんど没交渉だった。ところが五叟こと大島一雄とは「一雄さん」と呼んでよく交わった。長唄人ながら文筆もとった一雄が、小説家荷風を人一倍尊敬していたことが、二人の交わりを深めたものと思われる。

昭和十九年三月十四日、この日の日記に荷風はこう書いている。

《春雨瀟々たり。晡下五叟来話。五叟次男を余が家の相続者とすべき相談なり。これにていよ〳〵西大久保に住める威三郎の家とは余が死後に至るまで関係なき事となるなり》

その八日後に、正式に養子縁組ができたのは前述した通りだが、私の生活も荷風のそれも、前と少しも変らなかった。私は大島家の一員として兄成友《しげとも》、妹香衣《よしい》らと遊んで暮らしたし、荷風は麻布市兵衛町にある洋館の自邸「偏奇館」でひとり住んだ。

だのになぜ養子縁組を結んだのか、という疑問を持たれる人もあるかもしれない。これには双方の事情があった。荷風にしてみれば、戦争が激しくなっていくおり、家督を継いでくれる者のいない不安が日々につのる。いっぽう大島一雄にすれば〝永井姓〟を名乗りたい夢を、父久満次のときから持っていた。大島家に養子に出されたが、自分たちはもともと永井家の血をひいているとの意識がある。

そこで、とりあえず書面だけの縁組となったものらしい。とはいえ、やがてまさかの事態がおとずれたときの用意は、荷風にはあったようだ。

縁組に先立つこと四年前の昭和十五年十二月二十五日、荷風は〝従弟杵屋五叟事大島一雄〟あてに、『荷風散人死後始末書』と題した遺言書をしたためている。

美濃紙半裁二枚に書かれたそれが、実父大島一雄のもとに郵送されるのは翌昭和十六年一月十一日である。そのなかには次のような文句がある。

《拙老死去ノ節ハ従弟大嶋加寿夫子孫ノ中適当ナル者ヲ選ミ拙者ノ家督ヲ相続セシム可キ事其手続其他万事ハ従弟大嶋加寿夫ニ一任可致候事……》

縁組を成立させるとき、荷風はまだ小学生でしかない私には何も言わなかったと思う。しかし、のちの私にある意味では決定的な影響をもたらしたともいえる一言を、実父一雄にいった。

「軍人、役人、医者、教員には一切させないこと」

私は子供だったから、もちろんそのころ荷風の言葉に縛られることはなかった。

明けて昭和二十年三月九日。夜半にアメリカ軍機の空襲があり、翌朝四時、荷風の偏奇館がすべて燃え落ちた。

幼な心に、私はこのときの荷風が愛邸炎上によってどれほど打撃をうけ、憔悴したか理解できるように思った。大正九年五月に買入れて以来、「偏奇館」と名づけ、二十五年間そこにひとり住み、かずかずの名品（『雨瀟瀟』『つゆのあとさき』『濹東綺譚』など）を産んできた生活の舞台が、火焔に包まれるさまをただ立ちつくしたまま目撃するしかなかった荷風の心中は、いま思っても同情にたえない。

三月十日朝、体ひとつになってしまった荷風は、他のどこへも行かず、電車とバスを乗り継いで代々木にあったわが家に来た。

《午前十時過漸くにして五叟の家に辿りつきぬ、一同と共に昼飯を食す、飯後五叟は二児をつれ偏奇館焼跡を見に行き余は巨《（ママ）》燵に入りて一睡す、昨夜路上に立ちつゞけし後革包を提げ青山一丁目まで歩みしなれば筋骨痛み困憊甚し、嗚呼余は着のみ着のまゝ家も蔵書もなき身とはなれるなり……》（『断腸亭日乗』三月十日）

五叟の二児というのは、兄成友と私である。私と兄は、荷風の落胆ぶりを見るにしのびず、翌十一日、燃え残りの品を捜しに焼跡へ行った。まだ余燼《よじん》もくすぶる灰の中を、棒で突ついて回った。印鑑一個、楽焼の茶碗、キセルが出てきた。

このうち、印鑑がいちばん印象深い。長さは五・八センチ。押捺部分は一・七センチ×一・四センチで〝断腸亭〟と彫ってある。指で持つ部分に陰刻した文字があり〝永井荷風先生恵存谷崎潤一郎敬贈〟と読める。なんの石でできているのか分らない。が、上端に狛犬の彫りものがあるその真っ黒な印鑑が出てきたことを、荷風はいちばん喜んだ。

この印鑑は、のちに岩波書店から荷風全集が出版されたおり、その奥付けに一冊ごとに私の妻の手によって捺されることになった。そしていま、金庫のいっかくに収まっている。

ところで、その岩波書店版の全集がつくられるとき、編集担当者と私との間で問題になったのが『ぬれずろ草紙』だった。荷風の作品を網羅して収録したいという岩波の方針にしたがうなら、明らかに荷風の作といえるものを外すわけにはいかない。

結論を先にいうなら、『ぬれずろ草紙』は全集に入れないことになった。これを読んだ編集委員も私も、それが出ることによって起こるに決っている〝刊行停止〟などの作用を、避けたいと願ったからである。

荷風は昭和二十三年五月、俗にいうところの『四畳半襖の下張』事件に遭っている。彼がかつて書いた作品が、被災する前に筆写され、それが人から人へと渡ったあげく荷風の知らない古本業者と出版社によって、印刷発行されたのである。

五月十日朝、荷風は警視庁の渡辺充夫警部ら二人に自宅を訪ねられ、事情聴取を受けた。荷風は渡辺らの尋問に対し関係がないことを言い張った。四時間のやりとりのあと、警部らは門口まで荷風に見送られて帰った。

それから一ヵ月後の『断腸亭日乗』にこうある。

《この日また小瀧氏より活版本右小四畳半を貰ひぬ。余の旧作より何人かの筆写せしを活字に組みしが如し。誤写甚しく読みがたきところ多し》(六月十日)

この記述を見ても明らかなように、荷風が書いた『四畳半襖の下張』は、わずかな期間にせよ実在したのである。これがもし、被災していなければ、いまわが家の金庫に残ったかもしれないし、岩波の全集刊行の折り、収録するかいなかで論議にもなったに違いない。その点で『ぬれずろ草紙』と『四畳半』とは似たような〝文学的境遇〟に置かれたことになる。

あるいは荷風が『ぬれずろ草紙』を書く気になったのは〝事件〟として世間に騒がれることによって『四畳半』が魔除けや厄除けの霊験を失ったためかもしれない。が、私にいわせればこの二作の出来はだいぶ違うと思われる。〝筆写〟が完全ではないにせよ、荷風の旧作と大きくは変らないと思える『四畳半』を、私も妻元子も読んだ。さすがは荷風だと感心したものだ。

あとで知ったのだが『中央公論文芸特集』(昭和二十八年十月号)に載った中村光夫氏の「永井荷風論」が指摘したのと似た感想を私は持った。中村氏はこう話している。

《全然あれは好色的ではないですよ。あんなに色気のない春本はありません。実に清潔です。ぼくの友だちがあれを読んで、これは日本精神だといった。……実際そういうものだ。つまり全部一種の試みなんだ。性行為というものをかなり詳しく描いているが、それが全部主人公のモノローグなんです。つまり極度に意識的に行動していかにして自分を統制し得たかということに誇りを見出している》

文語体で、しかも主人公を男にして書かれた『四畳半』の世界は、人間心理の描写のこまやかさも、男と女がいる空間の雰囲気のスケッチの巧みさも、私をうならせた。そのたしかな表現の力は、私たちを官能というものがもつ不思議な魔力の世界へつれていってくれそうな気さえする。

だが『ぬれずろ草紙』のほうは口語体が選ばれ、しかもモノローグの主体は女である。絹子という名前の、戦争未亡人だ。

荷風はこの作をつづるにあたり、『四畳半』でこころみたような繊細な情景描写や心理描写を、まさしく完璧に放棄している。“男”が恋しいだけの女の渇望をストレートに描くには、その方法が正しいと信じていたのかもしれない。

もう少しいえば、荷風は小説を書き始めて以来、みずからに課してきた丹念な描写の方法の限界めいたものに何度もぶち当たり、もっと違う端的なやり方がみつかることを念じていたのでは、と思われる。しかし、その成果についてはいま一つはっきりしない。私のように文章の奥深い部分が読みとれない読者の目には、『ぬれずろ草紙』が、さほど成功していない作品に見えるのだが、どうであろうか。

「残すところはパンパンだけなんです」

これでもかとばかりに、荷風の筆は絹子が男に対して燃やす欲望をエスカレートさせていく。男はやがて、チューブ入りの軟膏を取り出した。それが女の官能に火をつけた。

荷風の筆はつづく。絹子と米兵とは佳境に向かう。

米兵のヅボンのボタンをはづして一物をつかみ出し早く入れて頂戴ヨウ早くといふ心持を見せるためにむやみと腰を持ち上げました。言葉は分らなくつてもわたしの急《あせ》りきつた此の様子に米兵も手早くヅボンを膝までぬぎおろし上着のかくしからチューブに入れた薬を出して自分の物に塗りつけますからわたしは自分からスカートをまくれるだけまくり上げ思ふさま股をひらき指先で彼の物《もの》をつまむやうにして當てがふとあたり一面のぬら〳〵と塗りつけた薬とでおえきつた米兵の一物《もつ》はすき間《ま》なく穴のまはりをこすりながら一思に子宮の口もとまですべり込んでしまいました。その瞬間《しゆんかん》ウムと覚えず息がとまるやうな心持。腰を引く餘裕もありません。何しろ旦那が出征してから一年を我慢に我慢してゐた擧句先刻から見せつけられてばかりゐた後《あと》こわいやうに太くて長いのが用捨なく根本まですべり込んでしまつたんですからアラと思ふと同時に腰一ッつかはない中にもう氣がいき初めるんです。開中が火のやうに熱くなり身體中《からだぢゆう》お酒に酔つたやうにほか〳〵する。手の指から足の先までむづ〳〵して何でも構はず摑《つか》みたくなるんです。わたしは両手に米兵の髪《かみ》の毛をつかみいつの間にかはいてゐたサンダルがぬげてゐたのを幸両足を上げて米兵の背中の上で自分から足の指と指とをからみ合せ総身を顫はし首はぬけてしまはぬばかりに振り動し唯もう夢中になつて何遍やつたか知れないほどよがりつゞけてもまだ〳〵よい氣がしないんです。（中略）

家《うち》でも先の中町の薬屋から時々セモリだのシクロだの云ふのを買つて来て、つけてやつた事がありますがベタベタしすぎて大《たい》してよくなりもしなかつたのですが米兵のつけた薬はそんなものぢやありません。

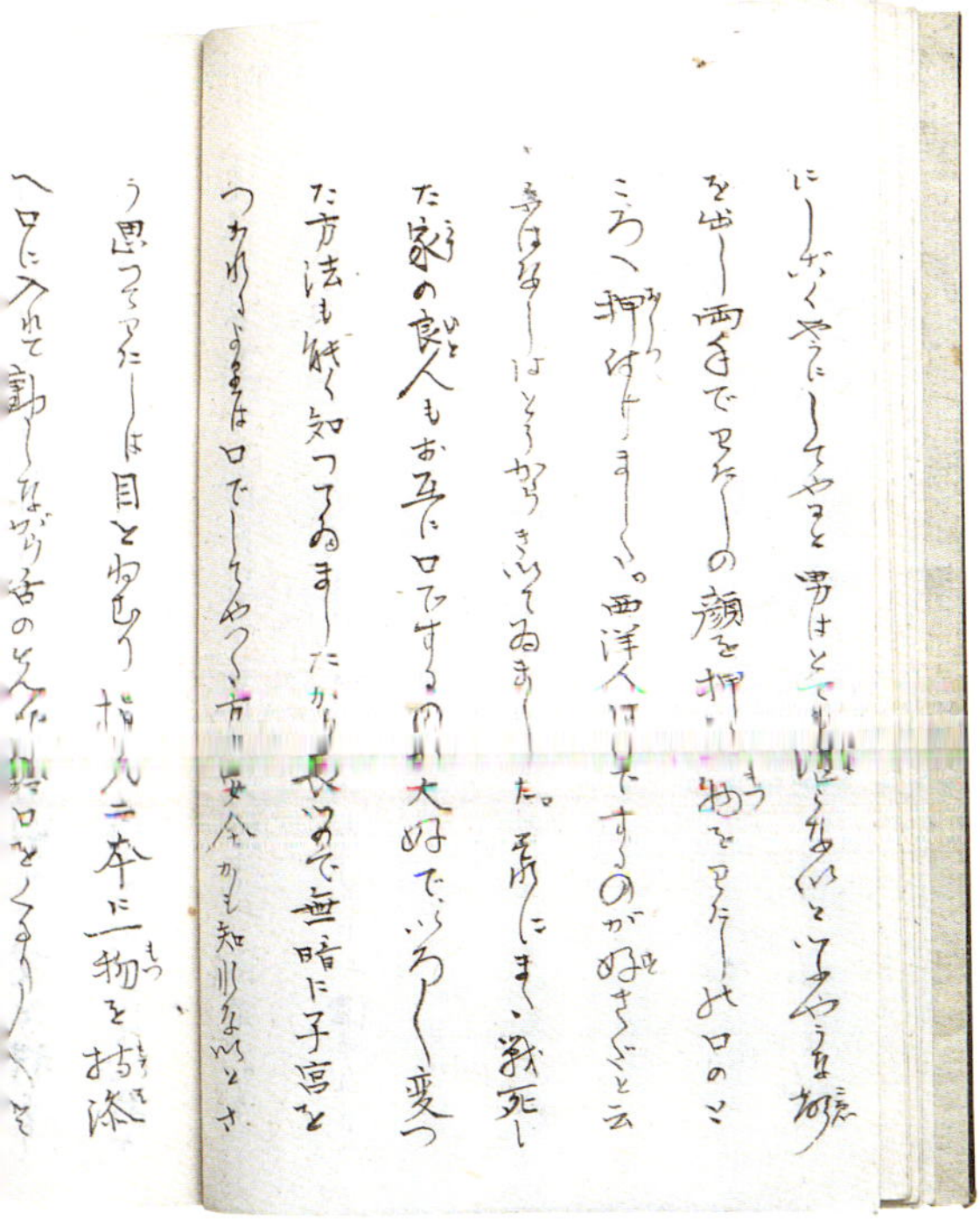

絹子は次第に、戦争によって失われていた〝時〟を回復していった。

敗戦後の荷風はこの『ぬれずろ草紙』を書く作業の代りに、なにか違う作品をこころみようとしていたということを、私は知っている。

戦後間もなく、荷風と会った河盛好蔵氏はこんな一言を耳にしている。

「あらゆる種類の娼婦を書いてきましたがねえ、残すところはパンパンだけなんです」

荷風は、当時〝洋パン〟（外国人だけを相手するために有楽町のビル街に立っていたコールガール）と呼ばれた女たちを取材しに足しげく銀座に通った形跡がある。そんな日々のつれづれに、荷風はきっと努力していたに違いない。彼が想像力の産物としてつくり出した絹子を、もっとしたたかで鮮烈な姿にして膨らませてくれる——銀座や有楽町に生きている、もう一人の〝絹子〟をさがし出すことである。そしてある日、荷風は次のような光景に似たやりとりと遭遇したのではあるまいか。

女が放心状態で歩いている。どこかに向って、帰ろうとしているかにみえる。女の下着は、だれに裂かれたのか無惨にほころびている。女はついにしゃがみこむ……。そばを通りがかった通行人の女が声をかける。

荷風は見た女そのままに、絹子に行動させたのだと、私には思える。

どうしやうかと思つて其場にしやがむとズロースなしですから向から見たらまる見えでせう。通りがかりの米兵はみんな笑つて何か話をしかけるのですが、大方やられた帰りかときくのでせう。やがて二人づれの洋装した日本の女が立止つて氣の毒さうに「あなた、どうかしたの」と言ひます。わたしは自分の姿にくだらない申訳をするより一層おどかしてやらうと思付いて

「えゝ。ひどい目にあつたんです。」

「公園ですか。」

「えゝ、一人や二人ぢやないんですもの。」

あるいは、右のようにそのものズバリの光景だけが、荷風の創作のヒントになりえたと思わないほうがいいのかもしれない。

昭和二十一年九月十九日の『断腸亭日乗』にこうある。

《午後淩霜子来話、東京某生の来書に、芝口もと太田屋牛肉店前の道路に朝九時頃洋装の若き女黒奴の児を分娩し苦しみゐるを、見る人大勢いづれもざまを見ろと云ふ面持にて、笑ひ罵るのみ、誰一人医者を呼びに行く様子もなかりしと云、戦後人情の酷薄なること推して知るべし》

戦後人情のさまざまな態を、歩きながらその脳裏に書きとめた荷風は、また同時に何かを見、それをスケッチするために廃墟と化した東京の町を歩く人でもあった。荷風の老いた足は、その爪先を向けたに違いない。有楽町から新橋へと。

わたしは口から出放題に強姦されたはなしをしてゐる中何となくそんな目に遇はされて見たいやうな、遇はされたらどんなだらうといふやうな氣がして来るのでした。さつきの薬の利目がまだ残つてゐたせいかさう思ふと何だかそこら中がむづむづして仕様がなくなります。薄地の着物の破れたのを却ていいことに肩先から片腕お臂から腿《もゝ》までわざとむき出しにしたまゝ有楽町の驛の方へと歩いて行くと向から来かゝる二人連の米兵が立ちふさがりいきなり抱きしめますから、わたしは道端でも何處でもいゝからもう一度やらせるつもりで首《くび》つたまにかぢりつき耳朶《みみたぶ》にキッスしてやると二人はそのまゝわたしを抱き上げ道端に置いてあつたジープに載《の》せました。中にはまた二人別の兵隊がゐて都合四人です。何か話をしながらすぐに車をとばせます。どこへ行くのかと思つたらそれは新橋演舞場の楽屋口でした。御存知でせうけれど空襲で劇場の看客席の方は破壊されたんですが楽屋の方は助かつたので役者の部屋だのその他《ほか》の部屋その後會社の事務室に使はれてゐるところもあつたのですが夜になると人が居ないのをいゝ事にしていつか米兵が女を引摺り込んで行《おこな》ふところにしてしまつたのださうです。電燈もつくし疊の敷いてある部屋もあるんです。毎朝小使が掃除をする時棄《す》てたものゝ始末に困るんださうです。わたしは四人の兵隊にかつがれて二階の一室に入《はい》ると二組の男と女があつちでも此方《こつち》でも明い電燈の下で一組は裸體《はだか》になつてしてゐる最中でした。わたしをつれてきた四人はすぐさまわたしを寐かして肌着ぐるみ破けた着物を剝《は》ぎ取つて眞裸にするが早いか一人が乗《の》り掛つて入れると他の一人は仰向《あふむき》になつたわたしの口《くち》へ一物を差込むのです。わたしは今まで春画だの写眞なんぞ見るたんび一度こんな目に遇つてみたくツてならなかつたのですから此方《こつち》も得たり賢《かしこ》しと口の中では思ふさま舌を働《はたら》かせ下の方では動《うご》かせるだけ腰をつかふばかりか右左の手を延して両側にゐる二人の男の物を握つて好いぐあひに親指の腹で亀頭《かり》の裏側を撫《な》でゝやります。

絹子はこのあと気絶する。気がつくと冷たい水を浸したタオルが額の上にあった。だれもいなかったが、ハンドバッグをみると男たちが置いていったらしい紙幣が押しこまれていた。

その絹子に、二世の女と米軍兵が近づく。男は照明装置のついたカメラをバッグの中からひっぱり出す。「写真を撮らせてくれ」と男は言った。絹子は、請われるまま、一糸まとわぬ姿で、二世の女とからまり合う。

たぐい稀な吝嗇ぶり

荷風の〝戦後〟は、間借り生活から始まっている。終戦の日を疎開先の岡山で迎えた荷風は、九月一日、私たち五叟一家のいた熱海に来た。この日以来、二十一年一月十六日の千葉県市川市菅野への転居、二十二年一月九日の荷風〝出奔〟まで、私は義父と初めて同じ屋根の下で暮らした。

だが、初めて身近に見る小説家永井荷風は、とりわけ日常的な素行面で私を驚かせた。実父一雄が熱海で借りた家は、和田浜の大野屋という旅館の裏の、『断腸亭日乗』にもよく出てくる木戸さんの別邸だった。荷風はその二階の一室に住んだ。

熱海に来たばかりのころから奇行が目立った。私たちと食事を一緒にしないばかりか、部屋に七輪を持ちこんで自分で作った。モノがない時代だから、大島家ではわずかの米に野菜やメリケン粉を入れて炊く。

ケチで通る荷風は、東京から出版社員がモノを持って原稿依頼にきても、決して私たちに分けなかったが、ある日失敗を演じた。一階の台所に置いてあった〝磨き砂〟をメリケン粉と勘違いして失敬し、それで自分のためのご飯を炊いたのである。

荷風はヤセ我慢しながらそれを食べた。人嫌いの荷風は、他人を遠ざけ自分ひとりの密室に閉じこもる分だけ、他人に対して素直になれないところがあった。入浴するときは、財布ばかり貴重品ぜんぶをかかえて風呂場に入った。大島家の者さえ信用できないのである。家中の者から「ほらまた荷物かかえて入っているよ」ともの笑いにされた。

市川に移ってからは、ラジオと三味線の音に異様なほど嫌悪感をあらわした。長唄の師匠の家にみずから頼んで同居しているのだから、普通なら遠慮する。その家のいちばんいい部屋を仕事場にした荷風は、三味線の音が始まると嫌がらせをした。火鉢の上端に一本の火箸をのせ、それをもう片方の火箸でカチカチとたたくのである。決して「うるさい」と言葉では言わない。金属音による抗議だ。

実父五叟のほうがそれには取り合わなかった。吝嗇のほうも相変らずだった。敗戦の日から月日がたつにしたがって、荷風にはモノを持った出版社からの原稿依頼が増えた。それらのモノを決して、私たちにくれなかった。

ある日、実母の八重が荷風の部屋の戸を「洗濯物ありませんか」と開けたことがある。荷風はそのとき食物を頬張っていた。あわてた彼はそれをお尻の下に隠し口をつぐんだ。だが、荷風の尻の向こうには、隠しそこねた食料が顔をのぞかせていた。

胃腸の弱い荷風は消化もよく美味なカステラが好きだった。だから出版社の人たちがよくカステラを持参した。しかし彼はいくつも貯まるそのお土産を一切れさえ私たちに分けてくれなかった。私たちはよく荷風の部屋に置かれたその菓子に、三、四センチもの厚さのスポンジのような白黴が生えているのを見た。

　私はそんな荷風を、少しも偉い人とは感じなかった。変ったオジサンだな程度にしか思わなかった。荷風はよくタタミの上を下駄や靴をはいたままで歩いたし、便所に行かず雨戸から放尿した。そのために大島家の雨戸の溝にはいつも荷風の小便が流れた。

　荷風がわが家を出て、同じ市川市菅野に住む小西茂也氏宅に身を寄せるのは、右に書いた音から逃避するためである。しかし彼が嫌った庶民の生活現場から発せられる喧騒は、どこでも同じだったらしい。

　昭和二十三年十二月五日、小西氏から突然立ち退《の》きを命じられた荷風は、翌六日の『断腸亭日乗』にこう書いた。

《立退を申出でられ心甚楽まず。加ふるに早朝六時頃より屋内のラヂオ鳴り出し午後に至るも歇まず苦痛堪え難ければ二時頃より家を出で浅草を歩す》

　温厚な人と定評の高かった小西氏も、荷風のわがままでパニック状態に陥った夫人のために、勇気をふるい起したのである。

　のちに小西氏は、佐藤春夫氏から荷風に立ち退きを命じた理由を聞かれ、こう答えたという。

「復讐がこわいから何も言いません。その代り荷風が死ねば洗いざらいぶちまけますよ」

だが、皮肉にも小西氏は荷風より早く世を去った。

十二月二十八日、荷風はどんよりと曇った空を気づかいながら市川市菅野に買った三十二万円の家に越した。荷物の運搬を手伝ったのは中央公論社の社員で、小西夫妻は姿さえ見せなかったと日記にはある。

　この時の荷のなかに、途中まで書き進めていた『ぬれずろ草紙』の下書きノートが入っていたと、私は推測している。荷風はどのあたりを書き進めていただろうか。

その二

銀座の事務所の裏二階に私ともう一人女事務員の外套や傘を置いたりお弁當をたべたりする狭い部屋がありました。暑い時分帰りがけにその部屋で汗をふいたり白粉をつけ直したりしてゐると向側に立つてゐるビルの窓からいつでも男が四五人私の方を見おろしてゐるんです。私といつしよに働いてゐる人は女學校を出たばかりで何もわからないんですが私には男の人達の様子でこつちの部屋ばかり見おろしてゐる其の譯《わけ》は言はずとわかつてゐますからからかつてやらうと思つて或日もう一人の人が休んで来なかつたのを幸わたしは終業時間になつて帰り仕度《したく》をする時そんなに暑くもなかつたんですが部屋の窓をいつもよりも広くあけ放しにしてシユミーズ一ツになりそれをまくり上げて脇《わき》の下の汗をふきながら此方《こつち》は少しも気がつかないやうな振りでそつと向を見るとビルの窓にはいつもの男の外に事務員らしい女の顔も二人ほど加はつて

ゐる騒ぎです。いよ〳〵可笑《をか》しくなつて私は汗をふいてゐる中片手でソッとヅロースの紐を解き素知らぬ風で髪を撫でたりしてゐるとヅロースは自然に下の方へ滑りおちるのをわざと氣がつかないふりで鏡をかざし顔を直しまたそつと向ふを見上げるとどうでせう窓の顔は押合ふやうな騒ぎです。

東京の街からは、すでに進駐軍の姿は遠のいていたに違いない。焼け野原だった銀座も、少しずつだが着実に活気をとり戻してきた。絹子はその東京の真ん中で、相変らず男の視線に媚を売らずにはいられない女である。

女学生のころから、家にいた女中と同性愛にふけっていた。電車に乗れば、男にお尻を触られる。その男に喫茶店に誘われ、帰途タクシーに乗ると、今度はその運転手に犯される。荷風は絹子という女を、その肉体がおもむく先ならどんな場所でも、男と出会わさずにはおかない。絹子の執拗な、あまりにも執拗な男への傾斜は、荷風の飽くことを知らない〝性〟への執着である。私は絹子というより、荷風のその執拗さに嘆息し、驚く。

これを書いたころの荷風は作家として最晩年期にさしかかっている。とりわけ戦後書いた作品のことごとくが短編になったのは「年老いて長いのを書くのが面倒くさくなったからだ」と荷風もいったものだった。荷風にはしかも全集の刊行や戦前に書いた作品が売れることによって、少なくない印税が入ってき始めた。そんな事情で働く意欲が多少なりとも薄くなるのは、老いた作家でなくとも陥りやすい落しアナである。その荷風が、下書きした手帳三冊、手製らしい和綴じの冊子に、丹念な毛筆で、四百字詰原稿用紙に換算すれば七十枚近い『ぬれずろ草紙』を書いたエネルギーは、いったい何だったかと私は考えさせられる。

荷風は二十代から三十代にかけて、小説執筆にははげんだが、生活そのものはきわめて気ままで放埒に過ごした。生来蒲柳の質で、とりわけ胃腸が弱かったから《炎暑の時節いかに渇《かつ》する時と雖《いえども》、氷を入れた淡水の外冷いものは一切口にしない》（『濹東綺譚』）人だった。三十二歳と三十四歳のときの二度の結婚は、二度とも一年ももたなかった。結婚に先だつ三十歳のとき発表した『歓楽』（刊行後、発売禁止となった）で、荷風の書いた次のような文章は私の目を引く。

《得やうとして、得た後《のち》の女ほど情無いものはない。この倦怠、絶望、嫌悪、何処から来るのであらう。花を散らす春の風は花を咲かした春の風である。果物を熟《みの》らす日の光の暖さは、やがて果物を腐らす日の光ではないか。……昨日まで男の絶賞した女の特徴は、尽く変じて浅間しい短所になつてしまふ》

しかし私の知っている荷風の実像はどこか違うようだ。

すこしでも患らえばすぐさま病院へ飛びこんだ、健康に自信のない人だった荷風は、壮年のころでも小説に描いたほど華麗に性の能力に長けた人ではなかったはずだ。

荷風との離婚後、ふたたび芸者にもどった八重次（本名内田ヤイ）がのちに私たちにもらした言葉がある。「性的には、女性が満足できる男じゃないですよ」。

そこで私は思うのだ。荷風の性欲の強さは、むしろ観念や想像力のたくましさにおいて無数の読者を驚かせたのであって、実際には他人の行為を取材したり、直接のぞいたりすることに興味をおぼえるタイプの人ではなかったかと。その意味では『ぬれずろ草紙』のなかに出てくる次のような部分は、きわめて暗示的ではないだろうか。

絹子は戦地で死んだ夫との、一夜を思い出す。二人がいた部屋にとある盗賊がしのびこんでくる。

からました足もそのまゝ良人《をつと》に抱かれてゐると泥棒は暫く二人の抱合つた様子を眺めてゐた後いきなり片足で良人の肩を突き「静にしろ眼がさめたか、ぢつとして居ろ」と腰にはさんだ麻縄みたやうなもので良人の両手を縛ります。良人もなまじ抵抗しない方がいゝと思つたらしくおとなしく手を後に廻し顫へながら其場に坐つてゐると「金はどこだ。早く出せ。」とわたしの手を引張りますから裸のまゝやつと立上つて重《かさね》簞笥の上に載せた用だんすの引出を抜いてやらうとしても手が顫へてどうすることもできません。（中略）

泥棒はなか〳〵抱きしめた手をゆるめず入れた物を抜かうともしません、一物《もつ》は少し柔になりながら其儘志つかり根本まで入つたなりです。此のまゝ抜かずにやり通すのかと思ふと情《なさけ》なくつて泣きたいやうな氣がしますが、どうする譯にも行かないからぢつとしてゐると、泥棒は半身を起し両手でわたしの両膝を押へ暫く入つてゐる有様を眺めた後、そろ〳〵腰をつかひ出すと、一物《もつ》は忽ちもとのやうに勃起してくるのを得たりと、私の身體をぐつとその膝の上へと引ずり上げたからたまりません、そのはづみにグイと深く大きな亀頭首《かりくび》が子宮の口へくひ込んでしまひました。腰を引かうとしても押へつけられて動きが取れません、アラと驚く拍子に最前《さいぜん》いきかゝつたのをやつと我慢したばつかりのその後ですから子宮の奥から溢れ出すぬめりに、自由自在勝手放題に子宮の口をかき廻された、おさねはこすられる、乳は吸はれる、わたしは一度に氣をやりはじめ覺えず、「あらもう」と大きな聲を出し良人が見てゐるのに氣がついて歯を喰ひしばつて見ても、はづむ呼吸はいよ〳〵烈しくハアハアと漏れ出るばかり泥棒は今方やつたばかりの蒸し返ですから落ちつき拂つて浅く抜いては深く突込みおさねばかりか周囲《まはり》のびら〳〵、お臀《しり》の穴まで指でこすり廻すのに私はまたもや覺えず「たまらない」と言ひさうにして手で口を押て首を振りながら身を悶《もが》き、續けざまに二度氣をやつても蒸返しの泥棒は平氣です、暫く休んではまたそろり〳〵腰をつかひ出す面《つら》憎くさ。私はもう良人の見る前もかまはず泥棒の胴中を両手に抱きしめ、「もうあなた、わたしさつきから行きづめなのよ、いきづめよ、あらまたまた、」と泣き叫ぶその合間《あひま》〳〵にちゆう〳〵と口は吸はれ放題。舌の抜けるほど此方《こつち》から吸返してやつたり腕を喰付いてやつたり背中を引搔《ひくか》いたり、とう〳〵留度なくよがりづめによがつてしまひました。夏の短夜がしら〳〵と明けかゝつて来るまでたつぷりまだ一時間あまりはあつたでせう、私はそれまで入れづめのされ通しでした。横抱にされたり上へ載せられ下から突きづめに突上げられたり四ッんばひにされて後《うしろ》から差込まれた擧句いぢられ放題ひろがるおさねをくぢられたり、休みなしにさんざん一日に遇はされるんですから、しまひには泥棒だか家《うち》の人だか誰だかわけがわからなくなつて、私は言はれるまゝされるまゝいろ〳〵に形を変へるたび〳〵唯もう氣をやるばかりでした。

盗賊との一夜だけの体験は、絹子ばかりか夫をも変えた。

良人はわたしを人にやらせて内所でそれを見たり、また自分達のやるさまを人にのぞかせたがるやうな癖がついて、その場所と相手の人とを絶えず探し歩くやうになりました。誰もゐない處でするのが何だか張合がないやうでつまらなくなるのです。自分達の秘密を人に見られる快味はなか〳〵複雑で手早く簡単には説明しにくいのです。おい、いいもの見せるからお出と云ふやうにして見せるのでは快味はありません。見る人がその意外の光景に驚き此方《こちら》には知られないやうにまたその人自身もそんな事を見てゐるのを飽くまで知られないやうに息を凝して覗くやうでなくては面白くないんです。

ドラマも後半にさしかかり絹子はふたたび、終戦直後の回想に戻る。今度彼女がいる舞台は、闇物資の買出し客でスシ詰めになった貨物列車の中である。季節は夏。足の踏み場もなく、絹子ばかりかどの客も動きがとれない。だれもトイレに行けず、ズボンやモンペを濡らす始末だ。暑いので、下着もつけずワイシャツ一枚でいる絹子をみて、そばにいた五十男の挙措がやにわに怪しくなる。その手が男自身の股間にゆき、やがてそこから飛んだ液体が絹子のスカートにかかる。

そして、夜の訪れとともに貨物列車の中は闇に包まれた。五十男は、性懲りもなくまた絹子に挑んできた。闇の中で、男の口臭が絹子の鼻をついた。が、女は男にしがみつく。

私は夜のしら〳〵明けかゝるまで膝の上に跨がつての居茶臼。荷物につかまつての後取《うしろど》り、それから又もとの馬乗《の》りにしなほしたり入れづめにさせてゐる中汽車が駐つたのとあたりの薄明くなつたのに氣がついて口を吸ひ合つてゐる男の顔を見ると、それは初の年寄ではなくて見も知らぬ禿頭でした。どこの何て云ふ男だか分りませんが此禿頭とはそれから一ト月ばかりたつて私が東京へ帰る時軽井沢辺からまた一ッしよになつたのです。

荷風のこの作品が、昭和二十二年以降のいつごろ完成したのかは明らかではない。が私には案外時間がかかり、三十年ごろまでに及んだのではないかという感じがする。手近にある『荷風全集』「断腸亭日乗」の昭和二十八年三月の項をひもといてみよう。

《三月九日。晴。燈刻有楽町フジアイスにて島中高梨の二氏に逢ふ。
三月十二日。陰。夜銀座。フジアイスに飰す。帰途驟雨。
三月十五日。日曜日。晴。夜銀座。フジアイスに飰す。
三月十六日。雨。夜銀座。フジアイスに飰す。
三月十八日。晴。高梨氏来話。午後島中氏来話。夜銀座。フジアイスに飰して後浅草に至る》

　この月ばかりか、昭和二十七年から三十年にかけて、実に数多く〝フジアイス〟の名が出てくる。この活字を拾った印刷会社「精興社」の文選工も、さぞやニヤつきながら仕事を進めたに違いない。実はこの〝フジアイス〟が当時〝洋パン〟がたむろする根城として知られた店であった。

　七十歳代に突入したあとの荷風が、これほど旺盛な活動をしたところに、私は日本文学史に名を残し得た男の並はずれたパワーを知らされる。よしんばそれが、着手されずに終わった〝幻の洋パンもの〟への執着であったとしても、である。

　残された時間の少なくなった作家が、かつての小説作法では汲み切れなかったものを汲み取ろうとする最後の闘いが『ぬれずろ草紙』ではなかったかと考える。はた目からみればおろかしいに違いないその作業に、懸命にいそしむ自身をおそらく荷風は〝老後の一興〟とからかったのである。

「◎じるし」と記された茶封筒の中に

　荷風が書斎兼寝間だった自室で血を吐いて倒れたのは、昭和三十四年四月三十日未明である。二年前から同じ市川の八幡に移り住んでいた。発見者は日ごろから荷風の身の回りの世話をしていた福田とよさんだった。彼女は字が読めない。むしろそのために、安心した荷風によって雇われた人である。彼女はいつもの通り荷風宅の木戸をくぐり、声をかけ、掃除をしようとしたが返事がなかった。不審に思い、奥六畳の間のフスマを開けた。皺くちゃの万年布団の上で、紺の背広とコゲ茶のズボンをはいたまま、荷風は頭を南向きにしてうつ伏せで死んでいた。東側の窓辺と枕もとの火鉢に吐血のあとがあった。他殺の疑いもあるとして遺体は動かさず市川署員を呼んでの検死がなされた。

　当時、私は妻と幼い子と三鷹市下連雀に住み、銀座でバー『偏喜館』をきりもりする二十四歳の経営者だった。「偏奇館」ならぬ「偏喜館」の命名者は実父一雄で、三十一年九月の開店時に提供してくれたものだ。けっきょく私は義父荷風の言葉に動かされ、荷風が嫌った仕事にはつかず、慶応高校を中退ののち、水商売の世界に飛びこんだのだった。

　その日は、晦日《みそか》だったので店のツケを集金するために丸の内や銀座界隈を歩いていたが、この集金先に電話が入った。大急ぎで電車で市川の荷風宅にかけつけた。到着したときは、まだ市川署員による検死がおこなわれていた。その結果、死因は胃潰瘍の吐血による心臓麻痺と検案された。

　昭和十六年一月に、私の実父に渡されていた荷風の遺言書の一部にこうあった。

《拙老死去ノ節葬式執行不致候事　墓石建立致マジキ事……一、遺産ハ何処ヘモ寄附スル事無用也　一、蔵書画ハ売却スベシ図書館等ヘハ寄附スベカラズ……》

これに従い、のちに荷風の遺族たちが蔵書の寄贈やその他を

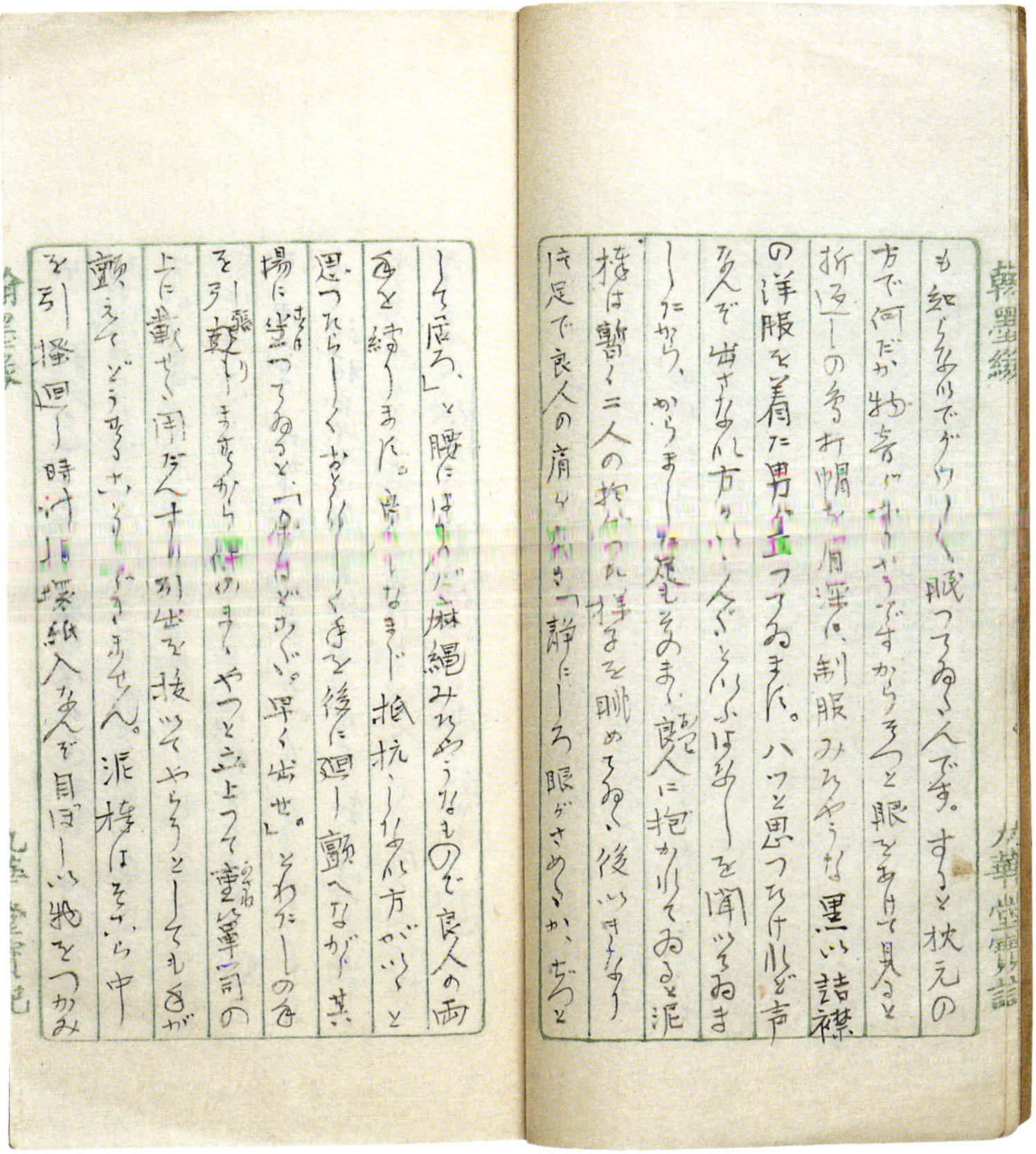

提言してきたときも、私はそれを拒否した。だが、遺言を無視することもした。「オレが死んだら遺骨はどこぞの川にバラまいてくれ」とも言っていた荷風ではあったが、まさかあれほどの人の葬式をやらないわけにはいかなかったのである。

五月二日土曜日午後一時から、仏式によっておこなった。霊前には七年前もらった文化勲章が飾られ、それと並んで生前の荷風がよく利用した天麩羅屋「大黒家」から届けられたカツ丼が置かれた。マロニエの花を持って紋付姿の佐藤春夫氏が訪れ、毛筆でしたためた『花を奉る詞《うた》』を故人の棺の前に置いた。その中にはこうあった。

〈奉る小園の花一枝　み霊よ見そなはせ　まろにえ　巴里の青嵐に　黒き髪なびけけん　師が在りし日を　われら偲びまつれバ　佐藤春夫〉

が、その佐藤氏は『小説永井荷風伝』において、シビアな言葉をつづった人でもあった。

《も早人生に何ものをも求めず願はなくなつたこの本能の人は、最後の情念として死を願望する本能の切なるものがあつたであらう。も早色慾もない食慾も満足にない。心は古沼の如くになり、すべての官能は弾力を失つて詩魂をも宿さない。こんな肉体は薬餌を与へて飼ふには価ひしない。速かに帰元すべきものである。愛人に対して加虐者《サディスト》であつた彼は、最愛の自己に対しても最大の加虐

者であった》

荷風の死は、しかしその直後から荷風宅に移り住んだ私にとって苦悩の始まりでもあった。遺産、著作権、遺品、蔵書の継承や処理方法をめぐって、さまざまな関係者たちの意見が渦まく中に放りこまれた。マスコミのペンとフラッシュが、私と妻の行く場所を追いかけてきた。隣人たちの視線も穏やかではなかった。ストレスが私たちを襲い、歯根膜炎にかかった私は頬からオデコのてっぺんまで腫らした。だが荷風に対して寄せる私と妻との得体の知れない何かが外部からのさまざまな抑圧と闘わせる決意を抱かせた。

そんな日々が始まった直後のことだった。荷風の死からちょうど一週間ぐらいたった日だろうか。書斎の東側に荷風が大工につくらせたガラス戸の書棚がある。全部で五段ある棚の最上段には、荷風が愛した作家鷗外の全集が並んでいた。二段目は中央公論社刊の荷風全集である。残りの三段すべてには、荷風が偏奇館が焼け落ちたあと手に入れた横文字の原書がぎっしりと埋まっていた。

下から二段目の棚の、アタマを揃えて並べられた洋書の上に、無雑作に置かれた茶封筒を私は発見した。手にとると数冊の手帳らしいものが入った感触がある。その上端を、中味がこぼれないよう乱雑に折った封筒の外側には、荷風の毛筆で「◎じるし」と書いてあった。

中味を出した。和綴じ本が二冊。茶色の表紙のほうに『ぬれずろ雙紙　一』とあり、もう一方の鶯色表紙のほうに『濡れずろ双紙　二』とあった。直感的に私は、春本だなと思った。小さな手帳が三冊あった。和綴じ本に清書する前の下書きが、その三つを貫いていた。初めは青インクで、やがて赤インクの訂正が入れられていた。

荷風が逝って二十七年が過ぎようとしている。私はその遺言にしたがい、荷風の遺産をどこにも寄付せずに守ってきた。売却しろといった蔵書は、売らなかった。少年の日に戯らにその書を売って荷風を立腹させたことがあったが、荷風の死後の私は売らないのが正しいと信じてきたからである。

荷風が逝ったばかりのころ、遺品のいくつかが紛失したことを知った。愛用のベレー帽もそのひとつだ。以来、私は私を養子に迎えてくれた荷風の心に報いるために、大切にその業績や遺品を扱うことに決めた。むろん『ぬれずろ草紙』も。

T氏が来訪して、私と妻元子はひさかたぶりにこの草紙を手に取った。美しい文字だが、崩しが多いので若いT氏には読みとりにくいらしい。私たちは手伝った。三人で大きな声をあげながら、一字一句を追った。

話は次のような曲折をへたのちに終わっている。絹子は戦後ほどなくして、勤務先銀座の店の支配人に、再婚の世話をたのむため二、三枚の写真を渡す。しかし支配人はなかなかその労をとらない。やがて絹子と男とは一夜をともにする。絹子は、とある連れこみ風の旅館に入り、鹿嶋という会社の若い同僚と布団の上の営みをこころみる。しかし、唐紙が破れ、聞き耳ものぞき見も自由な部屋で、鹿嶋は男としての役をなさない。その日までさまざまな性の刺激をすすめ実践し、さらに異次元の官能の喜びを望んできた彼女は、満足することができない。むしろ、破れ唐紙の向こうで演じられる見知らぬ男と女の激しい交りに刺激されるばかりだ。やがて旅館の廊下で美しい女と擦れちがう。女の姿を羨望の目で観察する——。

男と泊りに来たんだらうと思ふといよ〳〵羨しくッてたまりません。めちや〳〵になつた髪やら泣きはらした眼やら、お猪古《ちよこ》のやうになつた口《くち》つきやら。あの口の中へ男の物を入れてやつたんだらうなぞと思ふと私は無暗に興奮して女ながらそつと触つてやりたいやうな気がして傍《そば》へ寄りかけると「あらまア、あなた絹子さん、おひさしぶりねえ。」と言はれて能く見ればその姿が私を興奮させたのも矢ッ張その筈です。結婚前家にゐた女中の仲子です。毎晩長茄子を入れ合つたり嘗め合つたりした其相手でした。仲子はこの道専門でかせぐ女になり、今夜お客と泊りに来たと云ふはなし。そのお客はお馴染《なじみ》で、一度女二人を両側に寐かして見たいと云つてゐると云ふはなしを聞き私は下手《へた》ッくその鹿嶋を置去りに仲子につれられて二階へ行きました。こんな話ばつかりしてゐたらいくら帳面があつても足りるものぢやありません。拭く紙だけはメリケンのやうにハンケチかタオルにする方がようござんす。百枚二三十圓ぢや私達のやうに毎日毎晩数多くするものには一ッぱいになつてハンドバックにも入れきれません。嘗めた後うがいをする黄いろいリバーノールといふ薬だつて拾圓ぢや買へますまい。

〝亀頭《かり》〟だの〝居茶臼〟だの〝長茄子〟だのの言葉を、私たち三人はあたかも小学生が国語の教科書を唱和しているかのようにして最後まで読み終えた。

結び近くまできて気づかされることがある。絹子をストーリーテラーに選んで性の営みの連続でつづられてきた文章の最後で、作者荷風の顔、肉声、呼吸らしいものがほの見えるのだ。〝ようござんす〟とか〝買へますまい〟は、絹子の口調ではなく、明らかに春本『ぬれずろ草紙』の書き手荷風の言い方である。

荷風は荷風らしくない作品のこの『ぬれずろ草紙』につき合ってくれた読者に、ある種の照れと軽妙な嚇かしの混ざった方法で荷風らしい感謝の挨拶を送っているのだと私は思う。

作品はいちおう二冊の和綴じ本に清書されてはいる。だが、右のような形で終わる『ぬれずろ草紙』を、私は完結したとは思えない。〝一興〟でとりあえずまとめてはみたが、気のむくまま、筆のおもむくままの物語。その全体を見つめ直したあと、再構成するつもりだったはずと、私には思える。

私は以上のような形で荷風の未発表『ぬれずろ草紙』の抄を公開した。荷風の名を〝ニフウ〟と呼ぶ若者もいる今日ではあるが、この公開には私なりの考えがあっての一回きりの体験だった。これよりのちは一切これを公けにするつもりはない。

◉編集部注……『新潮45』昭和61年5月号のみ掲載とされた記事を、本書刊行にあたり永井永光氏の特別許可を得て再録しました。

年譜

❖1879(明治12)年
12月3日東京市小石川（現・文京区春日二丁目）にて内務省衛生局事務取扱・永井久一郎・恒夫妻の長男として生まれる。本名・壮吉。

❖1884(明治17)年……5歳
前年、弟・貞二郎が生まれたためしばらく預けられていた母の実家・鷲津家から東京女子師範学校附属幼稚園に通う。

❖1886(明治19)年……7歳
小石川の家に戻り黒田小学校初等科に入学。

❖1889(明治22)年……10歳
4月黒田小学校尋常科第4学年を卒業。7月東京府尋常師範学校附属小学校高等科に入学。父・久一郎が帝国大学書記官から文部省に入省。

❖1891(明治24)年……12歳
9月高等師範学校附属学校尋常中学科（6年制）第2学年に編入学。中学時代には病気療養のため帝国大学第二病院入院や流感をこじらすなどして進級が遅れる。学校になじめない一方で漢詩作法や尺八の習いを始める。またその後の親友・井上啞々（本名・精一）に出会う。父・久一郎文部省会計局長に就く。

❖1897(明治30)年……18歳
2月初めて吉原へ出かける。3月中学校第5学年を卒業。7月第一高等学校を受験するが不合格。父は官を辞して日本郵船会社に入社、上海支店長として赴任したため9月から11月まで家族は上海で生活する。帰国後、高等商業学校附属外国語学校清語科に臨時入学。

❖1898(明治31)年……19歳
9月自著『簾の月』を携えて広津柳浪に入門。

❖1899(明治32)年……20歳
1月落語家・朝寝坊むらくの弟子になり三遊亭夢之助の名で席亭に出入りするが、秋に父の知るところとなり反対されて落語家修業を断念。他方、「万朝報」の懸賞小説に応募入選するなど習作短編が新聞雑誌に掲載されるようになる。清国人・羅臥雲（蘇山人）の紹介で巌谷小波を知り、巌谷の文学者組織・木曜会のメンバーとなる。12月外国語学校を第2学年のまま除籍となる。

❖1900(明治33)年……21歳
歌舞伎座の立作者・福地桜痴の門下に入り、作者見習いとして拍子木を入れる勉強も始める。

❖1901(明治34)年……22歳
4月日出国（やまと）新聞に転職した福地桜痴と共に入社、記者となる。9月同社を解雇され、暁星学校の夜学でフランス語の初歩を学ぶ。英訳でゾラ作品に触れ感動する。

❖1902(明治35)年……23歳
4月『野心』（美育社）を処女出版。5月家族と共に牛込区大久保余丁町に転居。9月『地獄の花』（金港堂）を刊行、ゾライズムの作風を強める。

❖1903(明治36)年……24歳
5月『夢の女』（新声社）、9月ゾラの『NANA』を訳した『女優ナヽ』（新声社）を刊行。同月22日父の勧めで渡米、10月7日にシアトル到着。タコマに移り、ハイスクールの授業を聴講。

❖1904(明治37)年……25歳
在タコマ。ゾラからモーパッサンへ関心を移す。11月ミシガン州カラマッズウの大学でフランス語、英文学を学び始める。

❖1905(明治38)年……26歳
6月ニューヨークに移り、翌月からワシントンの日本公使館で働く。現地女性・イデスと出会う。12月父の計らいで正金銀行ニューヨーク支店に勤める。イデスとの親交やオペラ・音楽、フランス文学への耽溺の生活が深まる。

❖1907(明治40)年……28歳
再度、父の配慮で正金銀行リヨン支店に転勤。7月18日に米国を発し27日にル・アーブル到着、パリを経由して30日にリヨン着。

❖1908(明治41)年……29歳
3月銀行辞職。2カ月をパリに遊ぶ。芝居やオペラに通う日々で上田敏と知り合う。5月28日パリ発。ロンドンを経由して7月15日神戸到着。8月『あめりか物語』（博文館）を出して注目を集める。

❖1909(明治42)年……30歳
『狐』『深川の唄』『監獄署の裏』『帰朝者の日記』（後、『新帰朝者日記』に改題）『すみだ川』などを新聞雑誌に発表し実力が認められる。一方、3月『ふらんす物語』（博文館）が刊行直前に発禁、9月刊『歓楽』（易風社）も発禁。

❖1910(明治43)年……31歳
2月慶応義塾大学部文学科刷新に際して教授に就任。5月「三田文学」創刊・主宰。新橋・巴家八重次（内田ヤイ。後の藤蔭静枝）と出会い交情を深める。

❖1911(明治44)年……32歳
11月『谷崎潤一郎氏の作品』を「三田文学」に発表、谷崎との親交が始まる。

❖1912(明治45・大正元)年……33歳
『妾宅』（前半）、『掛取り』を発表し、花柳小説の作風を深める。9月本郷湯島の材木商・斎藤政吉の次女・ヨネと結婚するが八重次との関係が続き家庭を顧みなかった。

❖1913(大正2)年……34歳

1月2日、前年末、脳溢血で倒れた父が死去。2月ヨネと離婚。4月フランス象徴派の訳詩集『珊瑚集』(籾山書店)刊行。

❖1914(大正3)年……35歳

8月歌舞伎俳優・市川左団次夫妻の媒酌で八重次と結婚。これがきっかけで弟・威三郎と不仲になる。

❖1915(大正4)年……36歳

1月『夏すがた』(籾山書店)発禁。2月八重次が家出し離婚。胃腸を壊し体調を崩す。

❖1916(大正5)年……37歳

2月慶応義塾を辞し「三田文学」からも去る。4月井上唖々・籾山庭後らと雑誌「文明」創刊。5月余丁町の実家に戻り玄関脇の六畳間を「断腸亭」と称する。

❖1917(大正6)年……38歳

9月16日日記の執筆を再開(『断腸亭日乗』の始まり)。籾山との意見の相違で「文明」から手を引く。

❖1918(大正7)年……39歳

私家版『腕くらべ』を知友に配布。5月井上唖々・久米秀治らと雑誌「花月」創刊。12月築地に転居。『荷風全集』全6巻(春陽堂元版)刊行開始(〜大正10年7月完結)。

❖1920(大正9)年……41歳

3月『江戸芸術論』(春陽堂)、4月『おかめ笹』(春陽堂)刊行。5月麻布市兵衛町に洋館を新築、「偏奇館」と称して転居。

❖1921(大正10)年……42歳

7月戯曲集『三柏葉樹頭夜嵐』(春陽堂)刊行。

❖1922(大正11)年……43歳

7月文学上の師と仰いだ森鷗外死去。

❖1923(大正12)年……44歳

9月1日関東大震災。

❖1924(大正13)年……45歳

9月『麻布襍記』(春陽堂)刊行。

❖1926(大正15・昭和元)年……47歳

9月『下谷叢話』(春陽堂)刊行。

❖1927(昭和2)年……48歳

麹町三番町の妓・関根歌を身受けし、翌年待合・幾代を開かせる。

❖1931(昭和6)年……52歳

12月関根歌と離縁。

❖1933(昭和8)年……54歳

1月『荷風随筆』(中央公論社)刊行。

❖1936(昭和11)年……57歳

4月濹東の玉の井に通い始める。

❖1937(昭和12)年……58歳

4月『濹東綺譚』(私家版)刊行。9月8日母・恒死去。浅草に出向くようになる。

❖1938(昭和13)年……59歳

5月台本を執筆した『葛飾情話』が浅草オペラ館で上演される(作曲は菅原明朗)。

❖1944(昭和19)年……65歳

3月杵屋五叟(大島一雄)の次男・永光を養子として入籍。

❖1945(昭和20)年……66歳

3月10日東京大空襲、偏奇館焼失。避難するも重ねて罹災し、6月岡山へ赴くが再度、岡山空襲に遭い現地で終戦を迎える。9月杵屋五叟の疎開先・熱海へ。12月雑誌への寄稿再開。

❖1946(昭和21)年……67歳

1月市川市菅野の杵屋五叟の転居先へ寄寓。

❖1947(昭和22)年……68歳

1月市川市菅野の小西茂也方に寄寓。『罹災日録』(扶桑書房)刊行。

❖1948(昭和23)年……69歳

1月浅草通いを再開。3月中央公論社版『荷風全集』全24巻の配本開始(〜昭和28年4月完結)。12月市川市菅野で新居を購入し転居。

❖1950(昭和25)年……71歳

2月『葛飾土産』(中央公論社)刊行。

❖1952(昭和27)年……73歳

11月文化勲章受章。

❖1954(昭和29)年……75歳

1月日本芸術院会員に選ばれる。

❖1957(昭和32)年……78歳

3月市川市八幡町に転居。

❖1959(昭和34)年……79歳

3月1日浅草に出かけるも体調を崩し、以降病臥の日々を送る。4月29日最後の外出(大黒家で食事)。30日朝、通いの手伝い婦が遺体を発見(死亡推定時刻は同日午前3時ごろ、死因は胃潰瘍の吐血による心臓発作)。5月2日自宅で葬儀が執り行われ、豊島区雑司ケ谷墓地・永井家の墓所に納骨。

ブック・デザイン

大野リサ／川島弘世

主要参考文献

『荷風全集』(旧版) 岩波書店
『荷風全集』(新版) 岩波書店
『永井荷風集 現代文学大系17』 筑摩書房
『荷風思出草』 永井荷風 毎日新聞社
『考證 永井荷風』 秋庭太郎 岩波書店
『永井荷風』 磯田光一 講談社
『《評論》永井荷風』 中村光夫 筑摩書房
『永井荷風の生涯』 小門勝二 冬樹社
『荷風耽蕩』 小門勝二 有紀書房
『裸体交響曲』 小門勝二 私家版
『月と狂言師』 谷崎潤一郎 中央公論新社
『父 荷風』 永井永光 白水社
『荷風好日』 川本三郎 岩波書店
『永井荷風ひとり暮し』 松本哉 三省堂
『荷風極楽』 松本哉 三省堂
『永井荷風』 新潮日本文学アルバム 新潮社
『図説 永井荷風』 川本三郎 湯川説子 河出書房新社
『荷風2時間ウォーキング』 井上明久 中央公論新社
『永井荷風の愛した東京下町』［監修］近藤富枝 JTB
「永井荷風と東京」展図録 東京都江戸東京博物館

資料提供・協力者一覧

永井永光
小堀鷗一郎
市川市役所
市川市中央図書館
市川市八幡「荷風の散歩道」商店街
(敬称略)

本文中の引用は『荷風全集』(旧版)を参考に
新字旧かなづかいに改めたものです。

とんぼの本

永井荷風《ながいかふう》　ひとり暮《ぐ》らしの贅沢《ぜいたく》

発行 2006年5月25日
4刷 2014年7月5日

著者 永井永光《ながいひさみつ》　水野恵美子《みずのえみこ》　坂本真典《さかもとまさふみ》
発行者 佐藤隆信
発行所 株式会社新潮社
住所 〒162-8711 東京都新宿区矢来町71
電話 編集部 03-3266-5611
読者係 03-3266-5111
http://www.shinchosha.co.jp
印刷所 凸版印刷株式会社
製本所 加藤製本株式会社
カバー印刷所 錦明印刷株式会社

ISBN978-4-10-602142-8 C0395